欲しがりな悪魔

CROSS NOVELS

いとう由貴
NOVEL: Yuki Ito

緒田涼歌
ILLUST: Ryoka Oda

CROSS NOVELS

CONTENTS

CROSS NOVELS

CONTENTS

欲しがりな悪魔

§序章

小指と小指を絡ませて、二人で声を揃えて指切りげんまんをする。

「約束だよ。大きくなったら、結婚しようね」

「うん、約束」

幼い彼らに、男同士は結婚できないことなどわからない。というより、『結婚』の意味すら、よくはわかっていなかった。ただ大好きな人とずっと一緒にいられる約束としか、彼らは理解していない。

けれども、五歳の二人にとっては絶対の約束だった。

「ボクのこと忘れないでね、怜《れい》ちゃん」

「うん、智《とも》くん。絶対、絶対、大きくなったら日本《にほん》に帰るから」

固く誓って、二人は別れる。怜ちゃんは両親の仕事の都合でアメリカに、智くんはそれを涙でいっぱいの目で見送る。

まだ幼稚園児の彼らにとって初めての、悲しい別れだった。

§第一章

大きく伸びをして、パソコン画面を睨《にら》む。やっと最後の見積書が完成して、森島智章《もりしまともあき》はホッと息をついた。あとはこれをプリントアウトして、課長の印をもらえばＯＫだ。

軽く首を回して周囲を見回すと、残っている人間は智章を含めて二、三人といったところだった。営業アシスタント的な人間がいればこういった細々とした書類作業をやってもらえるが、あいにく智章が勤務している吉木《よしき》物産はそう大きな会社ではない。社員数五十数人の小規模な商社で、かつかつの人数で仕事を回しているのが実情だった。

とはいえ、ブラック企業というほどではない。給料も、東京《とうきょう》で一人暮らしするには充分程度にはあるし、残業だって長くて三、四時間だ。中堅私大をまあまあの成績で卒業した身にしては、それなりのところに就職できたと智章は思っている。なにより、地元に戻らずにすんだことが嬉しい。

智章の地元は、最近こそ新幹線が開通して便がよくなったが、日本海側ののんびりした田舎町で、住むにはいいところだが、娯楽という点ではやはり東京に敵わない。

智章としては、大学進学で上京した時点で、できれば就職も東京でと希望していた。

そうして上京してから九年。希望どおり、東京で職を得て、まずまず満足のいく毎日を過ごしている。

その九年の間に、地元で銀行マンをしていた兄も結婚し、現在は両親と同居してくれていた。というより、どうも兄嫁と母が同居に積極的だったらしい。

パソコン画面を閉じ、帰宅の支度をしながら、智章は義姉《あね》と母を思い出し、苦笑した。

——う～ん、まさか義姉《ねえ》さんも母さんと同じ趣味だったとはなぁ。

智章の母・洋子《ようこ》は昔から、ある女性ばかりの劇団のファンで、実家には専用チャンネルまで引いていたが、まさか義姉になる人——朋美《ともみ》も同じ趣味であったとは予想外であった。

それが顔合わせの段階で発覚し、以来、洋子と朋美はすっかり意気投合。同居も、戸惑う男たちを尻目に、女たちで決まったようだった。

——まぁ、嫁姑の争いがないのはいいことだよ。

離れて暮らす智章などはそう思う。父や兄は、女二人のパワーで日々華やかな某劇団色に染まっていく我が家に複雑な心境のようだが、仲がよいのはいいことだ。もっとも、上京して観劇の際には、二人して楽しそうに智章のアパートを宿代わりに利用するのには閉口するが。

とはいえ、たいした趣味のない智章としては、そんなふうに熱くなれるものがあるというのは、羨《うらや》ましくもある。

智章自身はといえば、なんにでもほどほどというか、そこそこというか、母や義姉のようになにかに熱中したことはまずなかった。東京に残りたかったのも、楽しさと便利さのためで、それ以外の絶対の理由があったわけではない。ただちょっと、地元よりも便利だなぁと思った程度のことだ。

その程度の感覚だったから、今の暮らしには満足しているが、なんとなくこれでいいのかという思いがないわけでもない。

——やっぱり、彼女がいないってのがダメだよなぁ。また合コンにでも行くかな。

そんなことを考えながら、智章は残っている同僚に声をかけて、フロアを出た。思えば前回の彼女と別れて、気がつくと半年が過ぎている。いくらなんでも間が空きすぎだ。

しかし、二十七歳ともなれば、そろそろ付き合う相手にも結婚を意識する感じにはなる。

身近な例で言えば、兄の亮平の結婚が二年前、亮平が三十一歳の時であった。義姉の朋美とはそれ以前、五年ほど交際していたというから、今の智章の年齢にはもう二人は付き合っていたことになる。

智章自身はといえば、交際する相手と短期で別れを繰り返す性質《たち》ではない。だいたい一人の相手と二、三年は付き合っていた。それを思うと、そろそろ交際相手を真剣に考える時期とも言える。

しかし、そんな面倒なことを考え始めると、彼女を作るのが億劫《おっくう》になる。正直に言えば、まだまだ結婚なんて考えたくなかった。三十代半ばくらいまでは、こんなふうに気ままに過ごしていたい。

——でも、三十半ばから婚活かぁ……。

自分のスペックで、その時点で可愛いお嫁さんが見つかるかと考えると、なんだか現実的でないように思えてしまう。

兄のように、地方とはいえ銀行マンであるとかならまだしも、智章の勤め先はちんまりした会社だ。そこで出世コースに乗っている……というわけでもなく、のんびりとした平社員の自分。容姿のほうも、中肉中背、目を背けるほど悪い顔ではないが、特にイケメンというわけでもないごく普通の感じ。

これでも自己採点だから、かなり甘くなっていると思う。

——はぁ……やっぱり次の彼女こそが結婚相手になるのかなぁ。

ちっともワクワクしない。しかし、結婚しない将来も、智章には考えられなかった。なんというのか、人間そういうものだろう程度の感覚ではあったが。

——あ～あ。せめてなんか、夢中になれる趣味でもあったらなぁ。

そうしたら、パッとしない自分の人生も、少しは胸が弾むものになるかもしれない。

そんなことをつらつら思いながら、智章はエレベーターの箱に乗り込む。

今日はまだ週半ばの水曜日だ。明日も仕事があると思うと、ますますため息が出る。

——まだ財布に金はあるし、発泡酒じゃなくてビールを買って帰ろうかな。

せめてそれくらいの贅沢《ぜいたく》をして、気分を引き立てなくてはやっていられない。アパート近くのコンビニエンスストアに着いたら、つまみとビールを買っていこうと、智章は決めた。

そうと決まれば、急いで帰ろう。たしか、録画してまだ見ていないバラエティーがあったはずだ。ようやく少しだけ気分が上昇して、智章は停止したエレベーターから降りた。さっきよりも数段しっかりした足取りで、会社の入っているビルから出る。さっさと地下鉄駅へ向かおうとした。

と、ビル前に停まっていた車から、人が降りてくるのが見えた。その手には、こんなオフィス街で見かけるのは珍しい薔薇の花束があって、それが智章の目を引いた。

彼女にサプライズでプロポーズでも仕掛けよう、なんて話か。しかし、テレビ番組以外の一般人が、あんな派手なことをするだろうか。

——いや、東京だもんな。

一人や二人は、そんなアホがいてもおかしくはない。そんなふうに思いながら、智章は足早に男から過ぎ去ろうとした。しかし、なぜか男は智章に向かって歩いてくる。

——げっ……方向が被ってるのかよ。

この先でとんでもない場面を見させられるのかと思うと、少々うんざりする。やっている当人たちはご満悦だろうが、そんな芝居のような場面を見る羽目になる通行人はとんだ災難だ。噴き出しでもしたら、睨まれること請け合いだ。

どうか現場に居合わせることになりませんように、と智章は願った。

ところが、である。男が智章を呼び止めたのだ。

「智くん！」

しかも、幼少時の呼び方で。思わずぎょっとして、智章は振り返った。いったい何者だ。

しかし、満面の笑みを浮かべる相手を見ても、誰なのか思い出せない。大学、高校、中学と思い出をさかのぼるが、こんな派手な友人など一人もいなかった。というより、相手はそもそも日本人ではない。誰だ。

「……って、呼び止めたの、オレ？」

思わず、間抜けな問いが出てしまう。しかし、男は大きく頷《うなず》き、懐かしそうに智章を見つめている。

「そうだよ、智くん。やっと会いに来られた。約束どおり、迎えに来た」

そう言うと、男は手にしていた花束を智章に差し出した。数は少なくなったとはいえ、通行人がちらちらと、男同士の異様なやりとりに視線を送ってくる。

智章はなんと返したらよいのか、わからない。男にはまったく憶えがなかった。

流暢《りゅうちょう》な日本語を話してはいるが、智章の知人に外国人などはいない。しかも、相当なイケメンだ。

いや、イケメンなどという軽い言い方は相応《ふさわ》しくない。智章などではまず知り合うこともない、高級感のある上質な男だった。

がっしりとした長身で、ひょろりとした智章と違って三つ揃いのスーツがよく似合っている。豊かな髪は金髪ではないが、色の薄い紅茶色で、目鼻立ちも日本人より彫りが深く、品のよさが感じられる。瞳も黒ではなかった。もっと薄いなにかで、夜でなければ何色なのかはっきりするだろう。

とにかく全体に、日本人ではありえない華やかかつ上等な雰囲気が漂う男なのだ。

こんな知り合いは、自分の人生ではいない。と思いかけ、遠い記憶が智章を刺激した。

――いや……たしか一人。日本人とは違う知り合いがいなかったか……?

中学よりも小学校よりももっと前、幼児の頃の遠い記憶。

「……あっ!」

大きな声で、智章は目の前の男を指差した。まさか、と目が見開かれる。

「おまえ、もしかして……怜ちゃん?」

覚束《おぼつか》なげに問いかけた瞬間、男の顔が嬉しそうに綻《ほころ》んだ。

「そうだよ、思い出してくれた? よかった」

花束を智章に押しつけ、抱擁《ほうよう》してくる。智章は慌《あわ》てた。いきなり抱擁なんて、やりすぎた。

「ちょっ……ちょっと待てよ、怜。まずいって」

自分たちはもう幼児ではない。それに、と智章は赤面する。目の前の男が怜だと思い出すと同時に、もうひとつの恥ずかしい記憶も蘇《よみがえ》っていた。

『約束だよ。大きくなったら、結婚しようね』

『うん、約束』

なにも知らない子供の頃だったとはいえ、なんという約束だったろう。恥ずかしさに、智章はなんとか怜を引き離そうとする。

しかし、怜のほうは平気な様子だ。二十数年分の思いを吐き出すように、強く智章を抱擁し続けた。

「あの頃と少しも変わっていないね、智くん。ずっと会いたかった」

「ちょっと……放せって、怜」

不自然に視線を逸《そ》らし、あるいは「うわぁ……」という表情で二人を見る通行人の視線が痛い。

——うぅう、会社の人に見られたら、明日からホモだと噂を立てられるって……！

そんなことになったら、非常にまずい。智章は必死に怜を宥《なだ》めた。

その甲斐《かい》あって、やっと抱擁が解かれる。しかし、腕はしっかりと智章の腰を抱いたままだ。花束といい、この腕といい、なんなんだ。

「智くん、いっぱい話したいことがあるんだ。来てくれるよね」

嬉しげに顔を覗《のぞ》き込まれる。身長差から、まるで彼氏が彼女にするみたいな体勢で、智章としては複雑だ。怜に他意はないのかもしれないが、とにかく知り合いに見られたら困る。

その思いでいっぱいだったから、智章はどうでもいいと頷いた。

「わかったから。積もる話だろ？　いいよ、しよう」

怜が車で来ているのが幸いだ。早急に、こんな派手なやりとりを人目から隠せる。

やさしくエスコートしようとする腕をなんとか腰から引き剝がし、智章は怜が導《みちび》く車内へ自分から乗り込んだ。この場所から逃げ出すのが先決だった。


そうして怜に連れてこられたのは、ホテルの一室だった。智章などが足を踏み入れたことのない都内の高級ホテル、そのスイートルームである。

記憶が正しければ、怜は智章と同年齢であったはずだ。それがこんなスイートルームを取っているなんて、どういう男に成長しているのだろう。

「すごいな……こんなとこ、初めてだ」

「そう、気に入った？」

軽い口調で、怜が言う。思えば、ここに来るまでの車も、運転手つきの白のリムジンであった。

――なんか、世界が違うっていうか……。

記憶の中では自分と同じやんちゃなガキだったはずが、目の前の怜はなんともランクが高そうな男に変貌していて、戸惑うしかない。

と、栓を開ける音がして、怜がテーブルに用意されていたシャンパンをグラスに注いでいた。それを智章に差し出してくる。

「……ありがとう」

智章は当惑するばかりだ。場違いなスイートルームに落ち着かない。

手にした智章のグラスに軽くグラスを合わせて、怜が微笑む。

「二十二年ぶりの再会に、乾杯。ずっとこの日を夢見ていたんだ」

「夢見てたって……」

怜の熱い言い方に困惑する。ずっと憶えていたらしい怜と違って、智章のほうは時間の経過とともに幼稚園時代の最も仲のよかった友人を忘れていた。その気まずさを誤魔化すために、ひと息にシャンパンを呷《あお》る。まだ夕食を摂《と》っていない空《す》きっ腹にアルコールがカッと染みた。

そのまま手持ち無沙汰でグラスを手に立ち尽くしていると、怜がまたシャンパンを注いでくれる。

「約束――智くんは忘れた？」

そうしながら、少ししょんぼりした眼差しで、怜が智章に問いかけてくる。部屋の灯りに、その瞳が青みがかったブラウンという不思議な色合いをしているのが見て取れた。神秘的な、不思議な色だ。彼がハーフであったことは憶えているが、幼い頃もこんな色だったろうか。

そんな思いに駆られてじっと見つめていると、怜がやさしく微笑む。それがむしょうに気恥ずかしくて、また智章はシャンパンのグラスを呷った。飲み干すと、さりげなく怜がさらにシャンパンを注いでくれる。

と、腕を引かれ、ソファに座ろうと促された。しかしなぜか並んで、怜まで腰を下ろしてくる。

「……なんで、おまえが隣なんだよ」

普通、向かい合わせに座るものではないか。怜はにっこりと微笑んだ。

「智くんから離れたくないんだよ。やっと再会できたんだから」

そう言うと、もう一度『乾杯』とでもいうように、グラスを合わせてきた。

軽くシャンパンを飲み干すのを見ながら、智章もまたグラスのシャンパンを口にする。口当たりのよい金色の液体が減ると、またさりげなく注ぎ足された。なんだかまずい。

「あの、さ……約束って」

どうにか意を決して、智章は怜の様子を窺《うかが》う。怜は甘やかに微笑み、智章を見つめていた。そのうちにグラスをテーブルに置き、そっと頬に手を伸ばしてくる。

「あ、あの……！」

やめてほしくて、智章は咄嗟に背中を反らした。しかし、あっさりと捕らえられ、頬を包まれる。ついでに、腰にももう片方の腕が回っていた。ものすごくまずい体勢な気がする。

うっとりするほど秀麗な顔が、間近に迫る。神秘的な色の瞳が、愛しげに智章を見ていた。

「約束、忘れた？　違うよね。智も、憶えている」

幼児のような『智くん』呼びから、『くん』が抜ける。不意に、怜がひどく男っぽく感じられた。品のよい上質な印象に、肉食獣の雄臭さが加わり、智章は焦《あせ》った。

「え、と……あのさ……あの、怜、ちょっと……」

まずい。非常にまずい。約束というのが、あの記憶を指しているのなら、怜が迫ってくる理由はひとつしかなかった。男同士には不可能な約束だ。そんなことは怜にだってわかるはずではないか。

「あのさ、怜。あの約束のことなら、子供だったんだし、本当は無理だってもうわかるだろう？　結婚なんて無……んんっ」

嘘だろ。いきなり唇を塞がれ、智章は目を白黒させる。しかも、強引に唇を奪われた拍子に押し倒され、ソファの上から怜にのしかかられる格好になって、慌てた。

いきなりこの仕打ちはなんなのだ。紳士っぽい外見のくせに、なんて奴だ。智章は懸命に抵抗した。

「やめ、っ……んっ」

しかし、拒む言葉を口にしたが、開いたのを幸いに口中に舌を忍び込まされる。

「……ゃ……っん、ん」

智章は動揺した。男とキスをするなんて初めてだ。冗談ではない。それも無理矢理なんて、ほとんどセクハラではないか。

しかし、キス程度ならばやはり男女の差異などさほどないのだろう。唇の柔らかさ、舌の熱さ、感触、その上、怜のキスは抜群にうまい。やさしく舌を搦《から》め捕《と》られながら吸われると、下腹部に覚えのある熱が集まるのを、智章は感じた。

――まずいって……！

執拗にキスを貪られながら、智章は動転した。受け身のキスがこんなにも感じるなんて思わなかった。それとも、怜がうますぎるからだろうか。

やっと唇が離れた頃には、智章の呼吸は息苦しさ以外の理由で上がっていた。

「馬鹿……なんてことするんだ……」

罵《ののし》る声にも力がない。怜がにっこりと微笑んだ。

「でも、いやじゃなかっただろう？　智のここ、悦《よろこ》んでる」

「……やめっ」

膝頭で軽く股間を撫で上げられ、智章は詰まった声を洩らした。男同士のキスで反応してしまうなんて、恥ずかしすぎる。智章はなんとか怜の身体の下から逃れようと身じろいだ。

しかしキスと、それから空きっ腹に何杯も飲んだシャンパンが効いて、身体が重い。あれよあれよという間にネクタイを抜かれシャツの前を開かれてしまう。

「智は、女はいたけど、男は初めてだよな。可愛い……こうしたら、ツンとしてくるかな」

胸に触れられた。

「やっ……怜、やめろ……あっ」

どうして、怜が智章の恋人の有無など知っているのだ。しかも、男とか女とか。

智章は問いつめようとしたが、しかし、続いて怜が胸に唇を落としてきて、言葉を失う。淡い色をした胸の先を舌がツンツンと刺激し、わずかに起《た》ち上がりだすと唇に啄《つい》ばまれる。

信じがたいことに、身体がジンとした。胸を吸われて、まさかそんなふうに感じることに、智章の動揺は激しくなる。問いつめている場合ではない。自分の身体はどうなっているのだ。

嬉しそうに、胸元で怜が笑った。

「よかった。けっこう感じやすいね、智は。もう……吸うのにちょうどいい硬さになってきた」

「やめ、っ……いやだってば、怜……んんっ」

頭がクラクラした。酩酊《めいてい》感は、アルコールのせいだろうか。身体が怠《だる》く、力が入らない。両方の胸を代わる代わる吸われることで、智章の身体から力が抜けていく。

――う……そ、気持ちいいんだけど……。

どうなっているのだ、自分は。

やがて乳首を吸いながら、怜の手が智章の股間に触れた。

「んん……っ！」

痺《しび》れるような陶酔《とうすい》が、触れられた股間から全身に広がる。胸だけで相当気持ちよくなっているのだ。

直接の性感帯に触れられれば、どうしようもない反応になるのは当然だ。

しかし、相手は男だ。怜だ。こんなふうに感じてしまうのは間違っている。やめさせなくては。

そう思うのに、智章は身体の熱さに呑み込まれていく。困るのに、怜の手に抵抗できない。

半年、彼女がいなかったからだろうか。一度くらい、その間にソープなりなんなり行っておけばよかったと、智章はジンジンした疼《うず》きに喘《あえ》ぎ声を噛み殺しながら後悔した。

――くそ……一発抜いておけばよかった……！

しかし、あとの祭りだ。怜の巧《たく》みな手に、智章はやすやすと追い上げられてしまう。

「や……いやだ……」

「可愛い、智。これから、智はわたしのお嫁さんになるんだよ」

嫁なんて、冗談ではない。だが、スーツを剝ぎ取られると、胸に吸いついていた唇を、あろうことが怜が下腹部へと移動させていく。パクリ、と昂《たかぶ》り始めた性器を口に含まれた。

「やめろぉ……あ、あぁ……っ」

信じられない。どうして怜は、同じ男のモノを口にできるのだ。しかも、絡みつく舌がたまらない。

——うっ……そ、気持ちい……。

同性からの口淫に声を上げながら身体が仰け反る。あっさりと、智章は怜の手で蕩《とろ》かされていった。


頭が痛い。全身が鉛《なまり》のように重怠い。

最悪の気分で、智章は目覚めた。一瞬、自分がどこにいるのかわからなくなる。

「ここ……」

発した声は、ひどく掠《かす》れていた。昨夜、散々喘がされたせいだ。それでハッと気づいて、智章は慌てて起き上がった。とたんに腰に鈍痛が走り、呻《うめ》きとともにくずおれる。

「いっ……つつ……なんだよ、これ」

なんだよ、ではない。どうしてこうなったのか、智章はしっかり憶えている。散々、怜に身体を使われた。何度もペニスを弄《いじ》られながら、後ろを解《ほぐ》され、最終的には怜自身を咥《くわ》え込まされた。

『智の中、最高だ』

『素敵だよ、智』

それだけなら屈辱の記憶だ。しかし、同時にちゃんと自分の反応も憶えていて、羞恥で叫び出したくなる。ダメだと抵抗しながら、『いい』とか『もっと』とか、最終的には後ろに挿《い》れられたまま『イッちゃう』とか、恥ずかしいことをいろいろと口走りながら、怜に抱かれて射精した。

嘘はつけないから正直に言うと、これまでのどのセックスよりもよかった。脳髄《のうずい》が痺れるような快感だった。自分はホモだったのだろうか。

「……いやいやいやいやいや違うって」

ブルブルと、智章は首を振る。ホモだなんて冗談ではなかった。たしかに幼稚園児の時には怜と結婚の約束をしたが、それは結婚というものがちゃんと理解できていなかったからだ。初めてできた親友と別れるのがつらくて、一生離れずにいられる約束として、結婚を口にした。

ただそれだけで、こんな行為をする約束ではない。ないのだが……。

「うぅぅ、最低だ……」

ちらりと横目に見やると、同じベッドに怜がしごく満足げに寝入っている。キングサイズのベッドは本来なら恋人同士あるいは、夫婦で使うものであって、同性同士の淫行で使用するものではない。

自己嫌悪に、智章は頭を抱える。空きっ腹にアルコールがまずかったのだ。それに、半年に及ぶ女日照《ひで》りが拍車をかけた。

——だからって、男にされて感じるなんて……あんまりだ。

情けなさに涙が滲む思いだ。

しかし、現実には涙ぐむなんて可愛らしい性格ではなく、智章は痛む腰を庇《かば》いながら起き上がる。

とにかく、まずは一人になってゆっくりと対策を立てたい。さっさと逃げなくては。

智章は脱ぎ散らかしたスーツを見つけに、寝室からリビングに向かった。

幸い、というべきか、身体はすっきり、綺麗になっている。おそらく怜がしてくれたのだろう。

――うぅ……散々犯された身体を怜に綺麗にされたなんて……。

思わず、どんなふうに扱われただろうかと想像しそうになり、智章は慌ててその映像を脳裏《のうり》から打ち消した。絶対考えるなと自分を戒《いまし》める。とにかく、昨夜のことはイレギュラーな出来事だったのだ。

――男同士なんだぞ、オレたちは。

スーツを身に着け、鞄や腕時計を捜す。見つけたところで、思わず声が上がった。

「嘘だろ、もう七時五十分って……！」

遅刻する。智章は慌てて、リビングを飛び出した。この上、会社に遅刻するなんてありえない。

痛む身体を庇いながら、智章は急いで会社に向かった。


バタバタと、慌ただしい物音が聞こえる。

それらをベッドで、目を閉じて聞きながら、怜は小さく唇の形を笑みにしていた。あれで逃げられるつもりになっている智章が可笑《おか》しい。それほど簡単に逃がすつもりなど、怜にはなかった。

昨夜のはほんの挨拶。本格的な捕獲は、今日からだ。

すっきりとした気分で伸びをし、起き上がると、枕元の受話器を取り上げる。

『――わたしだ。支度をしたら出るぞ』

その言葉は、智章に聞かせた流暢な日本語ではなく、英語であった。

遅刻すれすれで、智章は会社に滑り込んだ。腰の鈍痛がひどくて走るに走れず、こんなギリギリになってしまったのだ。

しかし、嫌みを言われるかと覚悟していた智章を、課長たちが大喜びで出迎える。課長だけではない。智章のいる営業一課、その他の営業課を統括する営業部長、取締役、さらには社長までもが、智章を待ち受けていた。

「よくやった、森島くん！」

「社長賞ものだよ」

「いつの間に、イーストン・インダストリーズ社と繋《つな》ぎを取ったんだ」

課長の言にだけは、少々の嫌み的なものが混ざっている。自分に黙って、というのが気に入らないようだった。だが、智章にはわけがわからない。そんな会社に営業した記憶はなかった。

「あの、どういうことですか。話が見えないんですが……」

事情を聞こうとした時だった。上擦《うわず》った女子社員の声が、フロアに響いた。

「あの、イーストン・インダストリーズ社の方がお見えです！」

皆が一斉に振り返る。同じように振り向いた智章は、一瞬眩《まぶ》しいと感じた。思わず細めた目に、見覚えのある人物が映る。

——って、怜……？

仕立てのよいビジネススーツ姿の怜が、秘書らしき男を従えて、フロアに入ってきた。

その堂々とした態度に、智章は戸惑う。怜につき従っている秘書らしき男は、彼よりも年嵩のようなのに、上位者は明らかに怜だった。いったいどういうことなのだ。

「やあ、智！」

親しげに、怜が片手を上げた。その態度に、周囲が軽くどよめく。

「なんであいつが……」

思わず智章は呟《つぶや》いたが、それを聞く者はいなかった。社長が嬉しげに、怜へと歩み寄っていく。

「ミスター・イーストン、××××××××××××××！」

最初の名前だけで、あとの英語はわからない。しかし、ミスター・イーストン？

智章は首を傾げる。怜の名前は、寺澤《てらさわ》怜ではなかったか。いや、と智章は思い返す。怜はハーフで、たしか父親が外国人であった。それがどこの国の人だったかまでは憶えていないが、その父親の姓がイーストンだったのだろうか。昔の記憶すぎて、智章は思い出せない。

怜は穏やかに頷きながら、社長と握手を交わしている。二人の会話は英語だ。

しばらくして、智章が手招きされた。どうしよう。智章も英語で話さなくてはならないのだろうか。

しかし、社長のようには話せない。というか、二人の会話も聞き取れない。

そんな智章に対して、怜は日本語で話しかける。まるで、智章が英語を話せないことを承知しているかのようなふるまいだった。

「智、君と仕事ができて嬉しい。幼い頃の友情が復活するのは、楽しいものだな」

「いやあ、まさか森島くんとあなたが、幼馴染みだったとは驚きです、ははは」

社長が上機嫌で笑う。

――幼馴染みって……。

たしかにそうとも言えるが、昨夜あんなことをしておいて、よくもしゃあしゃあと言えたものだ。

いや、それよりも、そもそも怜は何者なのだ。仕事とは、いったいなにを指している。

戸惑う智章に、怜が悪戯《いたずら》っぽく微笑みかける。

「いやだなぁ。昨夜、あれほど語り合ったのに、忘れてしまったのか？　今度から我が社は、日本向け製品のフィルム材について君の会社と取引することにしただろう。もちろん、君が窓口で」

「オレが窓口って……」

頭がついていかない。イーストン・インダストリーズ社はアメリカの大手化学関連企業で、とても智章の会社が取引できるような相手ではない。大手商社ならともかく、零細《れいさい》商社なのだ。

それを、怜の一存で取引相手にするとは、どういうことなのだ。まるで、怜にとんでもない権限があるみたいではないか。

わけがわからず困惑する智章の腕を、怜が取る。そつなく社長に微笑みかけ、連れ出す許可を求めた。

「今日は、詳しく打ち合わせしたいと考えて、こちらに来ました。しかし、わたしも多忙で、まとまった時間が取れない。彼を連れていってもかまいませんか？　空いた時間に打ち合わせをしたい。積もる話もありますし」

そんな申し出を、社長は一も二もなく承諾する。

智章は慌てた。本当に仕事の話ならいいが、わけがわからなすぎてついていきたくない。

「いや、でも、今日は予定が……！」

しかし、言いかけた断り文句は、社長に遮られる。さらに、智章の仕事は他者に振り分けるよう指示され、逃げ道を塞がれてしまう。智章は、弱々しく一言呟くのが精一杯だった。

「みんなに迷惑じゃ……」

「いいから、いいから。それよりも、しっかりとミスター・イーストンと打ち合わせを。な！」

大きく肩を叩かれ、社長以下皆に送り出される。智章はもうどうしたらよいのかわからない。

「怜、おまえ……」

「そんな口をきいていいのか？　君のところの社長が卒倒するよ」

含み笑いとともに窘《たしな》められ、智章は唇を噛みしめる。昨日の今日で、怜の顔など見たくもなかった。


会社のあるビルから出て、リムジンに乗せられ、智章は早速怜に食ってかかる。

「どういうことだよ、怜！　一から説明しろよ。おまえは何者なんだ。なにをしたんだよ！」

「そんなに興奮するなよ、智。身体は大丈夫か？　つらくはない？」

そう訊いて、他にも人が乗っているというのに、意味ありげに腰を撫でてくる。

智章は頬を紅潮させて、その手を払いのけた。昨日のようにあっさり乗せられてたまるものか。絶対に、あんな真似は二度とさせない。

決意を込めて睨む智章に、怜は楽しそうだ。甘ったるく目を細め、智章に微笑む。

「恋人の心配をするのは、当然だろう？　なにしろ、君は初めてだったのだから。わたしも……」

「黙れ！　黙れってば！　な、な、なにを言ってるんだよ、馬鹿野郎！　人もいるのに、変なことを言うな！」

怒鳴りながら、対面式に座席が設えられたリムジン内の、怜と智章とは反対側に腰を下ろしているスーツの男をチラリと窺う。男に日本語がわかるのかどうか不明だが、不安だ。

視線に反応したように、男が手にしていた書類から目を上げた。アッシュブロンドの髪を綺麗に整えた、怜悧《れいり》な印象の男だった。

そして、見るからに外国人の彼は、智章にとって最悪なことに、綺麗な日本語を口にしてきた。

「わたしのことでしたら、お気になさらずに。話は、レイ様から伺《うかが》っております」

「うか……伺ってって……」

智章は言葉も出ない。怜がチュッと、智章の頬にキスをする。

「そうだ、クインシーを気にしなくていい。彼は、わたしの秘書だ」

「クインシー・ウィロビーです。どうぞお見知りおきください」

軽く一礼する。そうしてなにもなかったかのように、再び書類に視線を戻した。

怜と智章の間になにがあったのか、本当になにもかも知っているのか。嘘だろう。

知っていて、どうして平気な顔をしていられるのだ。こんなこと、異常ではないか。アメリカドラマ風に言えば、『クレイジー』だ。いったい、自分はどういう事態に巻き込まれてしまったのだ。

怜は、我が物顔で智章の腰に腕を回している。

「おま……おまえ……っ」

おまえ、と言ったきり指を差したままの智章の手を、怜が取った。指先に軽く口づける。ごく自然な、慣れた仕草だった。断じて、日本人のものではない。

幼稚園の頃は『ハーフの日本人』だったのに、アメリカにいる間にすっかりアメリカ人になってしまったようだった。それにも眩暈《めまい》がする。

「あのね、智。わたしの正式名は、チェスター・レイ・イーストンというんだ。イーストン財団は知っているか？　それの総帥がわたしの父なんだよ。今は将来の修業として、イーストン・インダストリーズ社のＣＥＯを務めている。とりあえず、これが君の知りたかったわたしの身分だ。他に質問は？」

「イ……イーストン財団って……」

智章は呆然と口を開ける。あまりのことに、言葉が出ない。

イーストン財団は、智章でも知っている、アメリカの一大コングロマリットの名称だった。主に世界のエネルギー産業に多大な力を持ち、傘下には銀行、証券、化学、医薬品、航空産業、ＩＴ関連などなど、様々な企業を収めている。そのイーストン財団総帥が、怜の父親？　まさか。

「だって……おまえのお父さんって、そんな偉い人にはとても……」

幼稚園時代の記憶を必死に掘り起こし、智章は問いただす。怜は軽く肩を竦《すく》めた。

「あの頃は普通に会社勤めをしていたからな。母さんとの結婚を祖父に反対されて、日本にいたから。ほら、うちの母親は日本人だろう？　財団トップの祖父としては、許せない結婚だったんだよ」

「じゃあ……あの時の別れは……」

「あれは、祖父が折れたから。最終的には父と母の結婚を許して、アメリカに戻るよう言ってきたんだ。それからずっとアメリカで……」

そこで言葉が途切れる。ふと見ると、怜が思いがけない真剣な眼差しで、智章を見つめていた。少し——ほんの少しだけ、ドキリとする。

「な、なんだよ」

居心地が悪くて、智章は責めるように問いつめた。

怜がフッと口元を綻ばせる。その目は、嬉しそうに智章を見つめていた。

「もう二度と、智には会えないと思っていた。アメリカでは立場がまったく変わってしまって、同性を伴侶にするなんて……到底許されない」

「そりゃあ……当たり前だろう」

わずかに沈んだ怜に、智章は仕方がないと言い返す。怜がイーストン財団の御曹司だというのなら、同性との結婚なんて、日本人の妻以上に疎《うと》まれるに決まっていた。

智章にはよくわからないが、セレブにはセレブに相応しい結婚というのがあるだろう。少なくとも、智章が相応しい相手とは言えない。智章は、腰に回った怜の手を引き離そうとした。

「そういうことなら……その、こんなふうにくっつくなよ。それに、子供の頃の約束なら、別に真に受けることないし……」

そもそも、智章のほうは忘れていた。しかし、離れようとした智章を、怜はしっかりと摑む。クインシーの目も気にせず、強引に抱きしめてきた。

「ちょっ、怜！　やめろよ……！」

「いやだ。諦めていたのに、両親の許しを得られたんだ。わたし一人が同性婚を選んだところで、他に弟たちがいるのだからかまわない、と。だから、わたしは……」

「弟、たち……？」

智章は首を傾げる。とにかく記憶が遠くて、怜には悪いがあまり克明に憶えていることが少ない。

そんな智章に、怜がわずかに寂《さび》しそうな顔をした。妙に、罪悪感を刺激する顔だった。

——だって……仕方がないだろう。幼稚園時代の話なんて、普通はそう憶えていないって……。

智章は、内心言い訳する。だが、なんだか怜に悪くて、口に出せない。

押し黙る智章に、怜が話してくれる。

「すぐ下の謙《けん》は憶えているか？　わたしたちと四歳違う」

「あ……ああ、そういえば、ちっこいのがいたような……」

四歳違いといえば、当時五歳の二人から数えると一歳の赤ん坊ということになる。おぼろげに、怜の母親が赤ん坊を抱いていたような気もする。

「当時は、母親の姓を名乗って、寺澤謙。今は、ロジャー・ケン・イーストン。それと、アメリカに戻ってから生まれた仁《じん》もいる。エドガー・ジーン・イーストン。三人とも、ミドルネームは日本でも通用する名前にしてあるんだよ、智」

「そ……なんだ」

それから、と他の家族についても、怜は教えてくれた。それによると、二人の弟の下にはさらに双子の妹がいるとのことだった。沙羅《さら》と杏《あん》。生意気盛りの高校生ということだ。

「そういうわけだから、わたしが智を伴侶に選んでも、問題はない。だから」

そう言うと、顎《あご》を掬《すく》い取られる。唇が近づいてきて、智章は慌ててその胸を突き飛ばした。

「いやだって……！」

「クインシーが気になる？」

ピントの外れたことを怜は訊いてくる。そんなことではない。

「違う！　オレは、そもそもおまえとこんなことはしたくないの！」

やっときちんと言えた。智章はホッとして、胸を反らす。

怜はわずかに目を瞠《みは》り、ついで柔らかく噴き出した。

「そんなことはないだろう、智。昨夜はわたしたち二人、あんなに愛し合ったじゃないか」

「だから！　言うなってば！」

二人きりではないのに、どうして平気で恥ずかしいことが言えるのだ。

しかし、制止しようとした智章の手を、怜は摑む。余裕たっぷりに、摑んだ手に口づけた。

「ちょっ……やめろってば！」

「智は恥ずかしがり屋だね。わたしとの約束もすっかり忘れて、女性と交際していたし。でも——」

と言うと、いきなり智章を抱き上げ、自分の膝に跨《また》ぐように乗せてしまう。

「怜……！」

智章は抗議したが、かまわずその体勢で抱きしめられた。そうして甘く、耳朶《じだ》に囁かれる。

「でもね、智。やっぱり運命はわたしと君を結びつけているんだよ。だってその証拠に、君は初めてなのに、あんなにわたしのセックスに感じてくれた。わたしに繫がれて、イッただろう？　しかも気まで失って。君とわたしがベター・ハーフの証《あか》しだ。今夜また、それを証明しよう、可愛い智」

「こ、今夜って……！　ば、馬鹿なことを言うな。オレはもう、おまえとあんなことはしないっ」

「するよ」

わずかに顔を離し、怜がにっこりと智章の目を覗き込む。無邪気と言ってよい明るさが、その目の色にはあった。けれど、口にする言葉は悪魔としか言いようがない。

怜は言った。優美に笑みさえ浮かべて。

「あのね。わたしが君の会社に提案した取引は、年間二億円からの利益を与えるだろうね。もし、君がわたしを拒まなければ、だけど」

「……って、なに言って……そんなこと……」

黙って、怜は微笑み続ける。智章は言葉を続けられない。なんとはなしに、怜が本気だというのがわかった。智章が拒んだら、本当に取引は停止されるだろう。

もちろん、まだ始まってもいない取引だから、会社に損害はない。だが、得られるはずだった利益を失い、その怒りが誰に向けられるか。

取引が中止され、居心地が悪くなる自分が、智章には容易に想像できた。会社は、智章がなにかへマをしでかしたと思うだろう。もしかしたらそれがために、窓際に追いやられることもありうる。転職でもしない限り、その状況はおそらく一生変わらないだろう。

そんな未来が簡単に予測できるくらい、怜の会社との取引は、智章の会社にとって大殊勲の仕事だった。はっきりいって、これの成否が今後の智章の会社人生を決定づけると言っても過言ではない。

「……卑怯だ、怜」

「だって、二十二年は長かったんだよ、智。どんな手段を使ってでも智が欲しいと思っても、仕方がないだろう？　必ず智を説得するから」

チュッ、と軽くキスをされる。クインシーが向かい合わせの席にいるのに。

しかし、これからの智章の会社人生……。

——でも、だからってこんな……。

身体で接待するみたいで、まるでよくあるＡＶではないか。男の自分がこんな目に遭うなんて、納得できない。智章は唇を噛みしめた。

と、怜が苦笑する。そっと、項垂《うなだ》れた額をかき上げてきた。

「――じゃあ、こうしよう。わたしは二週間、日本に滞在する。その間に、智の心を変えられなかったら、大人しくアメリカに戻るよ。その代わり、この二週間は智をトロトロにしてやる、どう?」

「トロトロって……」

なんだかいやな予感がして、智章は怜を見上げた。怜は悠然と目を細め、智章に囁く。

「もちろんセックスでも、求愛でもね。智は必ず、わたしから離れられなくなる」

智章は無言だ。二週間とはいえ、再び怜に抱かれるなんて耐えがたい。嫌悪でなく、自分が相当感じさせられるとわかっているだけに、抵抗があった。

しかし、この二週間を耐えれば、怜は智章を諦《あきら》めてくれる。

「と、取引はどうなる……? 結局、怜を拒んだら……」

最後の最後にきて、また同じことを言われたら振り出しに戻される。智章は用心深く、そう問いただした。

怜が、肌の感触を味わうように智章の頬を包む。やさしく囁かれた。

「二週間付き合ってくれたら、そんな意地悪は言わないよ。約束する」

二週間――ほんの二週間だけだ。智章は、自分にそう言い聞かせた。男として抱かれるのは、さらにそれに快感を得るのは屈辱だが、拒めば智章の会社人生に暗雲が立ち込める。

今の会社を退職する羽目になったら、智章の能力では、人生からすらもドロップアウトしかねない。

それは困る。智章の望みは、とにかく気楽に生きられるだけの仕事をして、呑気に人生を送ることんになるかもしれないなんて、冗談ではない。

だけなのだ。その程度が、自分の分としては相応でもある。それがこんな馬鹿馬鹿しいことでおじゃ

――ちくしょう……！


なにがイーストン財団だ。金持ちだからって、智章の暮らしに無用な波風を立てやがって。

智章は歯噛みしたが、どうしようもない。

ほんの二週間だ。もう一度、自分に言い聞かせた。二週間辛抱すれば、元の人生に戻れる。

――これが終わったら合コンをして、次に付き合った子と結婚を考えよう。

可愛い彼女と温かい家庭を作るのだ。続けてそう念じて、智章は目を閉じた。屈辱的だが、怜との行為で痛い目に遭わされるわけではない。快感なのが最悪だったが、我慢だ。

智章は小さく頷き、不承不承《ふしょうぶしょう》怜の提案に承諾を与える。仕事のためだと、腹を括《くく》った。

怜が嬉しそうに、吐息だけで笑うのがわかった。抱きしめられて、甘く唇を奪われる。

「ちょっ、ここでは……んっ」

背後で、クインシーが書類を捲る乾いた音が聞こえる。しかし、怜はかまわず、智章の唇をキスで塞ぐ。

「愛してる、智……ん、きっと……君はわたしを好きになる……」

「や、め……ん、ふ……んぅ、っ」

リムジンの中で、怜は陶然と智章の唇を貪る。それは昨夜のホテルに着くまで、執拗に続いた。


昨夜のスイートルームには、メジャーを手にした男が待っていた。採寸をして、智章に合った服を

揃えるという。

　オーダーの服は間に合わないから、当座は既製品になるが、という怜に智章は啞然とするしかない。既製品といっても、サンプルとして並べられた服はどれも質のいい高そうなものばかりで、とても智章に買える品ではなかった。

　あんぐりと口を開ける智章を残して、怜は仕事があるからとクインシーとともに去ってしまう。しかし、服のあとは時計、ネクタイピン、靴と様々な業者が訪ねてきて、うんざりさせられた。

　採寸だけは呆然としている間に測られてしまったが、あとはなんとか追い返す。おそらくプレゼントであろうが、どう考えても高価だろうとしか思えないものなど受け取りたくない。

「あいつ、なに考えてんだよ」

　女性ならば嬉しいのかもしれないが、智章には怖いだけだ。下心のある相手からのプレゼントなんて、受け取ったらどんな代償を支払わされるかぞっとする。それでなくても、二週間は言いなりになる約束をしてしまったのだ。

　会社での立場もあるから承諾したが、この二週間また昨夜のように抱かれるのかと思うと、げんなりする。智章はクシャクシャと頭を掻いた。

「ああ、もう！　なんで気持ち悪くなかったんだよ」

　せめて、男に触れられることに鳥肌を立てるくらいの反応を示せたら、智章ももっと気を強く持って怜に反論できただろう。ところが現実はその反対で、散々に喘いでしまった。男に抱かれるなんて初めてだったのに、しっかり反応してしまった。

　己の身体の無節操さに、自分で自分がいやになる。そんな反応だったから、怜も勘違いするのだ。

しかし、一度承知してしまったことだ。今後の会社人生もかかっている。屈辱の行為だが、我慢するしかない。

拳を握ったところで、腹の虫が切なく鳴った。気がつくと、昨夜の食事も、今朝の分も食べはぐれていることを思い出す。

「……飯食ったら、会社に戻ろう」

どうせ怜だって仕事で、戻ってくるのは夜だろう。それまでここで待ちぼうけるのも馬鹿みたいだ。

――二週間我慢すれば取引を停止しないというなら、仕事の手筈を整えておかないとな。

それだけの物量を用意できるかの問題もあるし、値段についての打ち合わせや契約書の作成もある。こんなところでぼんやりしている暇などなかった。

駅まで行けば、いつも利用するような安い食べ物屋もある。そこでエネルギーを補給したら、会社に戻って仕事だ。そう決めて、智章はさっさとスイートルームを出た。

ホテルに戻ったのは、夜の七時近くになっていた。これでも一応、急いだのだ。

幸いなことに、怜はまだ戻っておらず、智章はホッと胸を撫で下ろした。怜と打ち合わせをすると嘘をついて、退社時間ちょうどに会社を出た甲斐があった。

そこから自宅アパートに戻り、大急ぎで着替え等を詰め、ホテルに向かったのだ。怜に抱かれるのは不本意だが、昨夜のようなことをまたされるのなら、とても自宅に帰る余裕はなくなる。それでは着替えがなくなるから、大急ぎで取ってきたところだ。ついでに、適当に夕食も摂っておいた。食いはぐれるのは、もうたくさんだった。

「あー、どこにしまえばいいかな……」

いつも出張などで利用するビジネスホテルと違って、スイートルームとなると部屋数が多くて迷う。

とりあえず、昨夜の寝室とは別のもっと小規模な寝室を見つけたので、そこのクローゼットを使わせてもらった。量販店で二セット一万円というお買い得なスーツ上下に、クリーニング代がもったいなくて自分でマメにアイロンをかけているワイシャツ、ネクタイ、靴下、下着などなどをしまっていく。途中、洗濯が必要になったらどうするか悩んだが、学生時代に海外旅行をした時のように下着類は浴室で手洗いすればいいと割りきった。

「これでいいか」

旅行鞄を部屋の隅に片づけ、智章は額に滲《にじ》んだ汗を拭う。もう秋なのだが、急いでホテルに来たせいか軽く汗ばんでいた。

手で扇ぎながら、リビングに戻る。怜が戻ってくるまで、会社から持ってきた残りの仕事を片づけるべく、智章はビジネスバッグから資料とパソコンを取り出した。思いがけない怜の邪魔のせいで、いくらか仕事が溜まっている。社長は課のみんなに振り分ければよいと言っていたが、それではすまないいくつかの仕事があった。

「え、と……こっちはもっと安い商品と振り替えられるか確認を取って……」

時折、取引先に電話をかけながら、溜まった仕事を片づけていく。

そうこうするうちに、スイートルームのエントランス方向からかすかな音が聞こえてきた。怜が戻ったのだ。智章は、電話で確認を取った値段を見積書に打ち込む作業を急いだ。ここまでやってしまえば、とりあえずキリがつく。続きはまた明日だ。

　エンター・キーを押したところで、リビングのドアが開いた。

「ただいま、智。……なにをしているんだ？」

　訝《いぶか》しげに、怜が訊いてくる。

「おかえり。なにって、仕事だよ。おまえのせいで予定がずれ込んだんだ。ったく、勝手に拉致《らち》りやがって……」

　パソコンの終了作業をしながら、智章は軽く文句を言う。しかし、怜のほうはまだ自前のスーツのままの智章に、眉をひそめている。

「今日中に届けるように言っておいたのに、着替えは届かなかったのか、智」

「着替え？　ああ、あの採寸のことか」

　パソコン画面を閉じながら、智章はしっかり抗議すべく怜を見上げた。おかげでいい迷惑だった。

「あのな、二週間だけの付き合いなんだから、着替えなんて用意してくれなくていい。だいたいあんないかにも高そうなもの、受け取れるわけないだろう。ああいうのはもうやめてくれ、な」

「好きなものを選ばなかったのか、智。気に入ったものを置いていかせればよかったのに……」

　怜はなぜか、意外な様子だ。どこが意外なのかよくわからない智章は、不機嫌に顔をしかめた。

「好きなものって……。セレブのおまえには高くないかもしれないけど、オレには分不相応なんだよ。あんなのもらっても使えないだろ、いらないよ。——あ、もうひとつあった寝室のクローゼット、勝手に使わせてもらったから。今日、仕事が終わってから急いで着替えを持ってきておいた」

　そう言う智章に、怜は声を上げる。

「会社に戻ったのか⁉」

「戻ったよ、当たり前だろう」

なにを言っているのだと、智章は呆れ気味に怜を見やる。大口の仕事を智章に持ってきておいて、呑気にここで怜の戻りを待っていられると思っていたのだろうか。そのことを指摘する。

「おまえのところの仕事で、いろいろと準備がいるんだ。こっちは零細なんだから。それはそうと、この件の担当者は誰なんだ？　まさか、おまえが直接見るわけじゃないだろ」

早急に担当者を教えてもらわなくては、仕事にならない。当然のことを訊ねる智章に、怜はしばし唖然とした様子だった。まいったとでもいう具合に、髪をかき上げる。

「……仕事には、さほど情熱がないと思っていた」

ややあってそう呟くのに、智章は眉をひそめた。

「情熱はないよ。けど、金をもらって働く以上、必要なことはしなくちゃいけないだろ。なに言ってるんだ。っていうか、なんでオレに情熱がないと思ったんだよ」

昨日会ったばかりにしては、ずいぶんな決めつけだ。そういえば、昨夜も聞き捨てならないことを言っていたと思い出す。智章に交際経験があるのかないのかなど。

やや不快な思いで、智章は怜を睨《ね》めつけた。それを受けて、怜は苦笑する。

「ある程度は、先に調査したからだよ、智。まずは居場所を知らなくちゃいけなかったし、今どうしているかも知りたかったし」

「ああ……それで昨日も彼女がどうとか言っていたのか。なんだよ……なんかストーカーちっくだな」

舌打ちして、智章はため息をついた。不機嫌そうな様子に、怜がしゅんと肩を落とす。

「ストーカー……」

意外なことに、その言葉がこたえたようだった。ストーカーよりももっとすごいことをしておいて、おかしな奴だと智章は思う。

——そりゃあ、オレも流されたけど……昨夜のあれは、やっぱ強姦まがいだよなぁ。

高価なプレゼントといい、どうも怜とは感覚がずれている気がする。

しかし、それを指摘してまた言い合いになるのは面倒臭い。智章は咳払いして、空気を変えた。

「とにかく、オレのことは勝手に決めつけるな。あと、本気でうちと仕事するつもりなら、さっさと担当者を教えろ」

「……わかった。だが、ストーカーは勘弁してくれ」

よほどその単語がいやなのか、そんなことを言ってくる。怜のツボがわからない。

「勘弁って……そんなに気になるのか？　変な奴だな。まあ、いやなら言わないけど」

「ありがとう」

「って、ちょっ……！　なにするんだよっ」

可愛らしく項垂れていたかと思うと、礼を言いざまさりげなく腰に腕を回してくる。引き寄せられ、身体と身体を密着させられた。

「仕事のことは悪かった。でも、プレゼントは受け取ってほしい」

「や……だから、あんな高価なものはもらえないって……んっ」

チュッと軽く唇を塞がれる。甘い音を立ててすぐにそれは離れたが、まだ間近なままで怜が訴える。

「恋しい相手に贈り物をしたいのは、男の自然な望みだ。智が選べないのなら、わたしが選んでもいいか？　わたし好みに智を染められるなんて、ゾクゾクする」

「いや、あの……そういうことじゃなくて……わっ！　どこ触ってるんだよ！」

　抱きしめていた腕の片方が尻を撫でてきて、智章は動転する。どうしてこうなる。さっきまでどちらかといえば仕事の話をしていたはずなのに、いつの間にこんなピンクな雰囲気になってしまうのだ。

「ちょっと、やめろって……」

「わたしが選んだ服を脱がせていくのも、興奮するな。うん、すべてわたしの好みで誂《あつら》えてやろう。それから、最高のセックスだ」

「いや、だから……待てって、いきなり盛《さか》るな……あっ！」

　ソファへと押し倒されて、強引に唇を奪われる。今度のキスは深い口づけで、顎を拘束された上で口内を思う様舐められた。熱い舌が口内の粘膜を舐め上げると、身体の芯がゾクッとする。逃れようと床についた拍子に開いた形になった脚の間に怜が身を入れ、腿で股間を撫でるのに下肢が疼く。

「んん、っ……やめろ、って……ぁ」

「智、夕食は食べたみたいだね。醤油の味がする。今日こそはご馳走したかったんだが……先にわたしのほうが智を食べたくなった」

　唇が離れると、熱く迫られる。身体はすっかり昂り始めていたが、素直に頷きたくなくて、智は涙目で怜を睨んだ。

「いやだと言ってもスルくせに……。二週間、オレを脅して抱くんだろう？」

「うん、そうだね。でも智だって、わたしとのセックスを気に入ってる、ふふ」

　綺麗に含み笑い、怜の手が智章のスーツにかかる。ゆっくりと、智章は裸身に剝かれた。

§第三章

気がつくと、クローゼットに収まった服が増えている。時計や靴も、上質な品物が収まっていた。ただし、だからといって勝手に智章のものが処分されてはいない。会社に行く時には自前の安物のスーツを着ていく智章に、怜は残念そうな顔をするが、文句は言わなかった。

その代わり、戻ってくれれば怜のプレゼントしたものを身に着けてほしいと頼まれる。

「どうせ脱がせるのが楽しいんだろう」

と文句を言うと、怜は愛しげに目を細めて笑うだけだ。

ただ、毎日身体を求められる。それがなんとなく、縋るようなニュアンスがあると気づいたのは、何日目だったろうか。再会したことで少しずつ蘇《よみがえ》ってくる記憶の中で、喧嘩《けんか》して仲直りできなかった時の目と、大人の怜がじっと智章を見つめる眼差しがそっくりだった。仲直りしたいのになかなかごめんと言えなくて、でも仲違いしているのがつらくて……。その時の視線を思い出させられる。

——二十二年、か……。

愛されているのだろう、と智章は思う。智章がすっかり忘れてしまってからも、怜はずっと智章を想ってくれていたのだろう。だからこそ、智章のすべてを奪うような強引さで求めてきたのかも、とも思う。とはいえ、再会初日にベッドへは、やりすぎだが。

しかしその主張も、智章のよすぎる反応のせいで、どうも迫力に欠ける。ホモではないのに。

少なくとも、今までの智章の人生で同性に恋したことは一度もない。怜との結婚の約束だって、幼い頃の勘違いからきたものだ。それなのに、昨夜などはとうとう騎乗位までやらされてしまった。

——うぅ……あんな体位、彼女とだってやったことがないのに。

今までにも恋人は何人かいたが、比較的ノーマルな行為だったと思う。だいたい正常位で、互いに性器を舐め合うみたいなこともしたことがなかった。

——いや、だって……そこまでしなくても、ちゃんとよかったし。

なんとなく、誰にともなく言い訳してしまう。けして智章のベッドでのテクニックがダメというわけではない……はずだ。ちゃんと彼女だって、いい声を出してくれたし。

そんな智章のやり方に比べて、怜からされる行為は驚きの連続だった。同性のモノなのに、怜は躊躇《ためら》いなく口でしてきたりするし、そのほうが奥まで突けると、後背位や、そこから繋がったまま体勢を変えたり、とにかくバリエーションが豊富だ。これで智章が抱かれる側でさえなければ、ＡＶじゃなくてもここまでやってもいいんだ、とある意味開眼めいたことになったかもしれない。

しかし、である。怜との行為において、喘がされるのも、女性のように身体の奥を突き上げられるのも、智章のほうだった。残念である。

打ち合わせ先から会社に戻る道すがら、智章はため息交じりに項垂《うなだ》れた。

——騎乗位ってのは、男のオレが下から突き上げる側なのになぁ……。

とほほとしか言いようがない。しかも、自分で自分のモノを握りながら、怜の上で腰を振るのがまたたまらなく気持ちよかったのだから、処置なしだ。自分で動くと、中のいい部分を自分のタイミングで擦り上げることができ、いつもよりもさらに感じてしまった。

だが、智章が感じてしまったのは、それだけが理由ではない。智章の腰を支え、そのいやらしい動きを見つめる怜の眼差しが、智章をより熱くさせていた。嬉しそうな、幸せそうな、自分の雄で智章が気持ちよくなってくれることにより欲情しているあの眼差しがたまらない。

智章にとって怜との行為はただの欲望の解消だったが、怜にとっては愛あるセックスだった。その想いだけで最高に感じるとでもいうような眼差しが、智章をより欲情させている。

——うぅう……身体に引きずられるなよ、オレ。

中高生ではあるまいし、セックスがいいからといってその相手まで好きになるのはどうかしている。だが、智章とて木石ではない。あれほど強い愛情を向けられて、なにも感じずにいられるほど朴念《ぼくねん》仁《じん》ではなかった。今までの恋愛で、こんなにひたむきに求められたことはない。

もちろん、智章は過去の恋人たちをちゃんと好きだったし、彼女たちも智章を好きになってくれていた。ただ、怜のように必死ではなかったし、強引でもなかった。

相手がいやなら無理強いはしない。互いに探り探り様子を窺い、どうやらよさそうだぞという感触を得て、ちょっとずつ関係を深めていく。わりとほのぼのしていたし、穏やかな恋愛でもあった。

怜みたいなタイプは初めてだ。それも、あの幼稚園時代の別れから二十二年。ずっと智章を想っていたと言われると、さすがにグッとくるものがある。

——今の怜なら、どんな女性でも……っていうか男とかでも、よりどりみどりだろうになぁ……。

どうしてよりにもよって、たいして見栄えもしない、ごく凡庸な智章なのか。

びっくりするくらい上等な男に育った怜に対して、智章は不細工ではないという程度の容姿だ。こんな残念な成長をした智章に、どうして怜は呆れないのだろう。

——まいるよなぁ、ホント……。

さらに言えば、それに対して悪い気がしなくなっている自分に、もっとまいる。

だが、最後の一線は越えないつもりだ。いくら絆《ほだ》されても、怜の求愛には絶対に応えない。

たとえ身体の相性が悪くないとしても、智章にとって、男同士というのはやはり重すぎる。

それに、現実的な問題もある。仮に、怜の求愛を受け入れたとして、そのあとはどうなるのか。

立場の重さを考えれば、智章が怜に合わせるべき、になるだろう。しかし、怜について渡米したとして、自分に働き口があるとは思えない。そもそも英語がまともに話せないのだ。

すると、現状のプレゼント攻撃から考えるに、智章が怜に養われなくてはならなくなる。

それを考えると、正直気分が重い。怜にしてみればたいした負担ではないだろうが、ただ世話になるだけの生活はできなかった。男としてのプライドなのだろうか。

というより、人として納得できない部分のほうが大きいような気がする。なんというのか、今のままでは智章が与えられる部分が大きすぎて、智章から怜に与えられるものが見当たらない。

怜にしてみれば、「好きになってくれればそれでいいんだよ」なんて甘いことを言いそうだが、智章がそれでは納得がいかない。容姿とか能力とか、なにかひとつでも誇れるものがあったら、もう少し楽になれる気がするのだが、現状の智章はごくごく普通の日本人だ。

——要は釣り合わないってことだよなぁ……。

そう結論づける。こんな自分に、怜のような男が執着することが変なのだ。この二週間で、怜の目を眩《くら》ませている『思い出』というフィルターが外れればいいのだが、と智章はため息をついた。

「……ええっと、もっと安くですか」

怜から紹介されたイーストン・インダストリーズ社日本支社担当者との何度目かの打ち合わせで、智章は口ごもった。相手から提示された金額は、大手商社ならば出せるラインだが、智章の会社では難しい。そもそもそういう点では太刀打《たちう》ちできないのだから、吉木物産では最初から値段ではなく品質に重点を置いて商品を選んでいた。そのことを、智章は強く、相手に訴える。

相手がついたのは、これ見よがしのため息だった。智章と怜の本当の関係はさすがに知らないだろうが、本社CEOとのコネでの仕事なのは知っているだろう。それを示すような、ため息だった。

智章は机の下で拳を握りしめる。悔しいが、反論はできない。値段的にはこれが精一杯だが、その代わり耐久性などは優れていることを資料とともに訴え、その日の打ち合わせを辞した。

どうしたら、相手担当者と意思を摺り合せることができるのか。相手にしてみれば不本意な取引なのだから、合意にこぎつけるには時間がかかりそうだ。

――それもこれも、怜が余計な仕事を持ちかけてくるから。

つい、恨み事を言いたくなる。

といって、怜に口をきいてもらって、智章側が有利になるように決着をつけるのも気が進まない。ただでさえ仕事上で世話になっているのだ。これ以上、借りは作りたくなかった。

会社に戻って、課長と話し合う。

「単価当たりあともう五円くらいならなんとかなるが……」

「ですが課長、それだとうちの利益がほとんどなくなりますよ」

「しかし、あそこと繋がりができると思えば、今は多少辛抱しても……なあ」

考え考え、課長が言う。智章も「……はぁ」と冴《さ》えない返事しかできなかった。

それからさらに、納入業者に交渉したりなどして、七時半過ぎに会社を出る。今夜の怜の戻りは八時半の予定で、それに間に合うように仕事にキリをつけた。本当はもっと資料などを調べて検討を続けたかったのだが、怜の相手をするのも仕事のうちと言えば仕事のうちだ。

——あー、なんか接待……みたいな？

怜には悪いが、智章にはそう思える。身体を使った接待なんて本気でAVみたいだが、実際怜が智章を欲しがってくれるおかげで、イーストン・インダストリーズ社との大口の取引が舞い込んだのだ。接待っぽく思えても、許してもらいたい。

怜が戻ってきたら、一緒に遅い夕食を摂って、そのあとなんとなくムーディーな気分にされてベッドに連れ込まれるだろうことはわかっている。

ホテルに戻ったら、とりあえずシャワーを浴びて、怜の用意した高そうな服に着替える、と智章は脳内で段取りを組んだ。石鹸の匂いをさせて怜を待つなんて、まるで愛人だと思うが仕方がない。

とはいえ、こんな生活が六日も続けば、うんざりした気分にもなる。しかも、間に挟んだ日曜には、一日ベッドに連れ込まれていた。これでもし、土曜日の怜に仕事の予定がなかったら、二日連続でベッドの住人にされていたかもしれない。

——ホント、多忙なCEO様でよかったよ。

お金だけたっぷりある有閑《ゆうかん》貴族だったら、今頃どんな目に遭っていたか、考えるだけで恐ろしい。

そんな少々疲れた気分でホテルに向かったせいだろうか。予測していた時間よりも多少遅れ気味で、智章は怜が連泊しているスイートルームに入った。

「ヤバい、八時十分じゃん。急いでシャワー浴びないと！」

腕時計を確認して智章は驚き、慌てて自室（といってもほとんど使用していないが）にしている部屋に駆け込もうとした。しかし、リビングから人の気配がする。もしや、怜が帰ってきているのか。しまった、と思いながら、智章はリビングに方向を変えた。そっと、ドアを開ける。

「おかえり、智」

ちょうど戻ったところなのか、ビジネススーツのままの怜が智章へと振り返った。

智章は小さく息をつき、リビングに入った。

「早かったんだな」

「予定より、報告会が早く終わってな。智、会いたかった」

まるで何日も離れていたかのように、怜が智章をギュッと抱きしめる。いつものことではあったが、大袈裟な抱擁に智章はどうも慣れない。

「……おまえ、本当にアメリカ人だよなぁ」

つい、そんなことを言ってしまう。怜は、実に外国人めいた仕草で片眉を上げて、智章の顔を覗き込む。外見も、日本人の母親よりもアメリカ人の父親の血のほうが濃い容姿だ。目の色も髪の色も薄く、彫りも深い。

なにが、と問いかけるような顔の怜に、智章はため息交じりに言ってやった。

「日本なら、一日離れていたくらいで、そんな大仰に抱きつかないって。ひと月もふた月も、会えなかったわけじゃあるまいしさ」

「恋人と一日離れていて、寂しくないのか？」

そんなことはありえないといった風情で、怜が目をぐるりと回す。日本語は流暢に話すくせに、中身は本当にアメリカンだ。それが可笑しくて、智章はつい笑いながら答えた。

「まさか。たった一日のことだろう？　しかも、お互い仕事なんだから、離れていて寂しいだのなんだの言うほうがおかしいよ」

「オゥ……日本人は冷たい」

額を手で押さえ、怜が呻くように言う。本気でそう思っているのか、そのあと縋りつくように強く智章を抱きしめてきた。耳朶に、切なそうに囁かれる。

「わたしは、智と一分でも離れていたくない。二週間と期間が限られているのならなおのこと、いつまでもこうしていたい。愛しているんだ、智」

そのあまりにてらいのない愛の言葉に、智章は一瞬――ほんの一瞬だが――ついクラッとしかけてしまう。しかし、すぐにハッとして、自身を叱咤した。

――いやいやいやいやいやいや、なに流されかけてるんだよ。

怜があまりに切なそうで、つい絆されそうになってしまった。同情できるほど、怜と交際するのは簡単ではないことを忘れるな。男同士であることはもちろん大問題だが、それ以上に、ランクが違いすぎる怜と付き合うのは、凡人の智章には荷が勝ちすぎた。智章はむっつりと、怜の胸を押す。

「……腹減った。今夜もどうせエッチするんだろ？　せめて、先に飯を食わせてくれないと、ガス欠になる」

「相変わらずそっけないな、智は。毎晩、あんなにトロトロになっているのに」

ふふふと笑って、怜が智章の尻をひと撫でする。

「だーかーら、エッチより前に飯だって言っただろ！　変なことするなよ」

軽く怒ると、智章を宥めるように、怜が両手を降参の形に上げる。

「わかった、わかった。まずは食事、それからセックスな、智」

「なっ……そんな生々しい単語で言うな！　エッチで充分だろ」

どうも、怜がさらりと『セックス』などと口にするのが気恥ずかしくてならない。だいたい、デリカシーがない。怜はクスクス笑う。

「どうして？　セックスもエッチも同じことだろう。なぜ、エッチならよくて、セックスはいやなんだ。おかしな子だな、智は」

「全っ然違う！　なんでもあからさまに言えばいいってもんじゃないだろう。無神経な奴だな」

智章が抗議すれば、怜は不思議そうに首を傾げる。本気で、この感覚の違いがわからないらしい。

「無神経ねぇ……。毎晩、わたしに抱かれてあんあんよがってしまうのに、どうして今さら単語ひとつに神経質なことを言うのか……」

意味がわからない、と首を振る。

しかし、智章は真っ赤だ。行為の最中の様子まで語られて、恥ずかしさに居たたまれない。外国人が皆こうだとは思わないが、しかし、どうして怜はこんなにあけすけなのだ。

智章が怒りと恥ずかしさに震えていると、怜が軽く手を打つ。

「ああ、秘すれば花ということを言いたいのか、智は」

「秘すれば……？」

智章が首を傾げると、怜が悠然と微笑んで説明する。

「『秘すれば花なり、秘せずば花なるべからず』。世阿弥《ぜあみ》の言葉だ。要するに、すべてを明らかにするのではなく、秘めるからこそ美しいという意味らしい。なるほど、セックスにおいても日本では、秘すれば花を実践しているのだな。それならば、わたしが悪かった」

そう言うと、智章へと怜が身を屈める。耳朶にひそと囁いた。

「では、急いで夕食を摂って、二人で楽しもう。二人でしかできない楽しみを。――こんな言い方でいいかな、智」

「な、な……」

もう智章は、首筋まで真っ赤だ。ネイティブである智章よりも教養があることにも驚きだが、すぐに理解して、思わせぶりな言い回しに変えてくる怜に、返す言葉がない。

余裕たっぷりに、怜は目を細めて微笑み、智章をダイニングにエスコートした。


その夜は、今までとはまったく違う形で、智章は怜との行為に引き込まれた。

今までの行為は、単なる大らかなセックス。しかし、今夜は――。

俯《うつぶ》せになり、尻を高く掲げた形で、智章は怜の手で後ろを解されていた。舐められながら指で広げられたせいで、いやらしい粘着音が後孔から聞こえ、智章を居たたまれない気持ちにさせる。

しかし、今までの夜よりも耐えられるのは、怜が寝室の灯りを薄ぼんやりとした明度に変えてくれたせいだ。これまでは智章の裸体が見えにくくなるからと、煌々と灯りを点けた中で抱かれていた。

それが今日は、夕食の前のやりとりのせいか、最低限にしぼった灯りの中、怜は智章を組み強いている。それだけで、だいぶ智章の羞恥も宥められていた。だからだろうか、いつもより身体が綻ぶのが早い。指二本でねっとりと孔を広げられ、智章はシーツに必死でしがみつく。

「んっ……んん……っ」

「今日は、智のここが蕩けるのが早いね。もう挿れてもいい？　わたしのペニスも、あっ……こういう言い方はいけなかったな」

そう呟くと、改めて口調を変えてくる。後孔を指で穿《うが》ちながら、背後から覆いかぶさり、シーツに埋もれた耳朶に囁かれた。

「智の可愛い蕾《つぼみ》に、わたしの男を挿れてもいいか？　智が欲しくて、もうこんなになっている」

けしてあからさまな単語を口にせず、暗に示す言葉だけで智を求めてくる。けれど、それだけでは我慢できないようで、智章の太腿に猛りきった怒張をやさしく擦りつけてきた。

——もう……なんだよ、これ。

はっきり明るく言われるのがあれほど恥ずかしかったのに、隠されれば余計に淫らな気分になるなんて、想定外だ。

いや、怜の言い方が隠語めいていて、それがいけないのだ、と智章は怜のせいにしようとした。

しかし、ペニスを擦りつける場所が変わり、驚きの悲鳴が上がる。

「ひゃっ……や、それ……あぁ、っ」

「挿れたい……いや、じゃなくて。欲しいんだよ、智……智のここ、欲しい」

後孔から指を引き抜いた怜が、咥えるものを求めてひくつく蕾を、ペニス全体でゆっくりと擦り上げてくる。尻の狭間と蕾をねっとりと、焦らすように何度も熱い性器で撫でる。

「あ……あ……あ……」

智章の背筋がビクンと引き攣《つ》った。快感に張りつめた乳首がシーツに押し潰されてさらなる快感を呼び、ただ擦るだけのペニスに後孔の入り口が吸いつこうとする。

「ぁ……いやぁ……っ」

そんな自分の反応が恥ずかしくて、智章は拒絶の悲鳴を上げた。こんなふうに貫くモノを求めるなんて、まるで自分は女ではないか。

それだけでも耐えられないのに、後孔を苛めながら、怜がさらに下腹部へと手を回してきた。

「欲しいと言ってくれ、智。いいだろう？　智のここも……欲しがっている」

「んっ……触る、な……あ、あぁ」

やさしく果実を握られた。自身のペニスで後孔を焦らしながら、意地悪く智章の果実を扱《しご》いてくる。

「あ、あ、あ……い、やだ……ぁ、っ」

乳首を苛《いじ》めるのは、智章自身だ。いやだとみじろぐたびにシーツに押し潰され、あるいは擦られて、智章を震わせる。それなのに、いつもならこのあたりで、智章の答えなど待たずに挿入を始めるというのに、今夜の怜は挿れようとしない。どうして。

智章は焦れ、息も絶え絶えに振り返った。その喘ぎが、止まる。

「怜……」

なんという顔をして、怜は智章を焦らしているのだろう。額に汗を滲ませ、苦しげに息が弾み、けれど、目は切なげに智章を見つめている。

言ってほしい。求めてほしい。その目は狂おしいほどに切なく、そう求めていた。

勝手に智章を抱いているくせに。

取引を盾《たて》に、関係を強要したくせに。

けれど、今この瞬間、智章は怜が愛しくなる。これほどまでに求めてくる怜が、可哀想で、可愛くて、たまらなくなる。淫らな行為に赤く染まっていた肌が、今度は別の意味で薄く色を変えていく。

唾を飲み込み、智章は羞恥をこらえて、尻の狭間をペニスで弄っている怜に、自分からもわずかに腰を動かした。怜の充溢《じゅういつ》をねだるように、恥ずかしげに。

「ほ、欲し……」

欲しいと言いかけて、智章は小さく首を振る。怜は智章に合わせてくれた。今度は、智章が怜に合わせてやる番だ。

シーツをギュッと握りしめ、智章は怜から顔を背けて目を瞑《つぶ》った。そうでなければ、とても口にできなかった。そうして、怜を求める。

「い……挿れて……」

直接的な言い方は恥ずかしいと散々言った智章が口にしたあからさまな求めに、怜の動きが止まる。

「智……。今、なんて……」

信じられないのか、そう訊き返してくるのに、智章は真っ赤になって再度恥ずかしい言葉を口に乗せた。求愛に応じるわけではない。ただ怜の必死さに、少しだけ応えたかっただけだ。

「だから……挿れていいって言ったんだ。何度も言わせるな、馬鹿野郎」

「智……あぁ、智。わたしのために、その言い方を？　あぁ……なんて可愛いんだ。智、歓《よろこ》んでひとつになろう」

歓喜の声とともに、怜の腰がわずかに離れる。再度、やさしく指で濡れた孔を軽く広げられた。

「挿れるよ。智のここに、わたしのペニスを……」

「言うな、馬鹿っ……あ、あぅ……っ！」

グチュ、と耳を覆うような粘着音が響き、熱い雄の先端が智章の花襞を押し開いていく。指と舌で柔らかくされた蕾は蕩けたように、猛りきった剛直に口を開いていった。

熱い雄に、口いっぱいに花びらが開く。熟れきった中に、逞しい欲望が挿入《はい》ってくる。

「あ、あ……ん、んんっ……ふ」

「智……智、すごい。今夜はもう、こんなに蕩けて……んっ」

興奮した呻きが、耳朶を震わす。ゆっくりと智章を味わいながら、怜はその耳朶にやさしく歯を立てた。

「んん……っ！」

電流のような快感が背筋を走り抜け、智章は詰まった呻きを洩らした。じっくりと腰を使いながら、怜は智章の花芯を軽く扱き、耳朶をしゃぶる。

「あ、あ……やめ、ろ……」

そんなふうにあちこちを一緒に愛撫されたら、どうかなってしまう。男に抱かれてこんなふうになるのがいやで、智章は小さく首を振った。

だが、智章が本当にはいやがっていないと、怜にはわかっている。犯される内襞がペニスに絡みつき、いやらしく戦慄《わなな》いているのだ。弄られている果実が、腹につくほどに反り返っているのだ。

これで気持ちがよくないわけがない。

行きつ戻りつして智章を焦らしながらすべてを挿入すると、怜は俯せた首筋にキスの雨を降らせる。

「可愛い、智。なんて可愛いのだろう。愛してるよ……愛してる。ほら、これも好きだろう?」

「ひ……あぁっ!　やっ……いきなり……あぅ、っ」

挿入は時間をかけたやさしいものだったのに、いきなり激しく抽挿される。奥を容赦なく突かれ、疼く粘膜をいいように抉《えぐ》られた。

「あっ……あっ……あぁ、っ!」

「智、愛してる。もっといっぱい感じてくれ……」

項《うなじ》に吸いつかれながら、リズミカルに身体の中を蹂躙《じゆうりん》される。腰を支える腕が熱い。果実を弄る手が淫らだ。智章は息も絶え絶えに喘いだ。感じる自分を受け入れ難く思いながら、けれど、必死に智章を愛する怜にさらに身体を熱くさせていく。

「智、イく……っ」

打ちつける怜の腰の動きが強張った。耳朶に注ぎ込まれる声に、智章の身体も高まる。

「んん、怜……——っっ!」

絶頂に合わせて果実を扱かれ、智章から勢いよく白いモノが飛び散った。同時に、身体の奥も熱い飛沫《しぶき》に濡らされる。

「あ……ぁ……ん、ふ」

だが、息つく間もなく、余韻に蕩ける身体をひっくり返された。繋がったままのそれに、智章の欲望にまたほのかな火が灯される。仰向けになった智章の脚を、怜が思いきり淫らに広げていた。

「い……や……だ」

恥ずかしさに涙目になった智章に、怜が興奮を隠さない眼差しで呟く。

「日本人は偉いな。さっきまで隠していたせいで、やっと見られた智の裸体が……すごい。胸まで精液が飛び散って、下腹部もドロドロで……こんなになっていたのに、隠していたんだな、智」

「やめ……怜、見るな……！」

智章は怜から、恥ずかしいことになっている下肢だけでも、せめて隠そうとした。

しかし、手首を取られて、シーツに縫い止められる。

「ダメだ。智がいやらしすぎて………もっと見せてくれ。最高だ、智」

「やっ……あ、あぁ……っ！」

両手首をシーツに押しつけたまま、怜が腰だけ動かし始める。軽く揺すり、熟れた肉襞を苛めるような動きに、智章は鳴いた。あからさまにするのは恥ずかしいと言ったのは、こんな意味ではない。

だが、恥ずかしい身体を怜に晒す智章も、秘した分だけ悦楽の高まりを感じる。

「――智、隠すなよ」

ついにはその言葉に逆らう気すら奪われ、智章は怜に蹂躙された。シーツをギュッと摑みながら、すべてを怜の視線に晒して喘ぐ。

「いやだ……や、怜……見ないで……見るな……あ、あ、あっ」

「全部見てやる。いやらしい智は、最高に綺麗だ……っく」

今までにない高まりの中、智章は怜とともに心まで蕩けるような情欲の波に玩《もてあそ》ばれた。

接待みたいなもの――。

その心のバリアが溶けた、初めての夜だった。

けれど翌日、智章は現実に引き戻される。出勤して早々、イーストン・インダストリーズ社の担当者から電話が入り、智章の側の言い値で契約すると伝えられたのだ。

「え、どうして……」

いきなりの変更に驚く智章に、電話の向こうで相手が慇懃無礼《いんぎんぶれい》に答えた。

「上からの通達です。では、その単価で契約書の作成をお願いします」

そう言って、通話は切れた。智章は呆然と前髪をかき上げる。

「どういうことだよ……」

そう呟きながら、答えはわかっていた。

怜だ。難航しかけていた話を聞きつけ、怜がなにか手を打ったのだ。

コネと言ってよい仕事だ。そもそもこんな面倒を持ちかけた怜が決着をつけて当然とも言えるが、しかし、智章は不愉快だった。腹の底から怒りが込み上げる。

——なんだよ……っ。

むかつく筋合いではないとはわかっている。怜からの申し出がなければ、智章の会社とイーストン・インダストリーズ社が取引をするなど、ありえない話だったのだから、最終的にはこんな決着になることだって不思議ではない。

しかし、むしょうに腹が立った。馬鹿にされたような気すらした。

——正当に仕事ができないんだったら、こんな話なんて持ってくるな！

コネでもなんでも、関係ができただけでＯＫとするべきなのかもしれないが、なにもかも自分の頭越しで決められたような仕事に、どうしても怒りが抑えられない。

なぜか。

智章は、出社してから集めた資料に目を落とした。イーストン・インダストリーズ社からの要求で、智章側が応じられるギリギリの可能性を探った資料だ。すべてを相手側の言うとおりにすることは厳しかったが、交渉次第ではかなり要求に沿った形に先方にも頑張ってもらえるよう、交渉するつもりだった。

まだ、智章にだってやれることがある。それなのに、頭越しに勝手に解決されたことが、腹立たしいのだ。できないと決めつけられたことが、むかつく。

鞄を手に、智章は立ち上がった。ホワイトボードに、行き先をイーストン・インダストリーズ社と書いて、部署を出ていく。そうしながら、怜の携帯電話へと通話ボタンを押した。勝手に決められてたまるか。智章からの電話にすぐに出た相手に、「今、どこにいる」と口調も荒く訊ねた。

「――申し訳ありません、森島様。この会食は外せませんので」

怜の秘書であるクインシー・ウィロビーが丁寧に、智章をカフェへと案内する。

智章たちが宿泊しているホテルの、ロビー階にあるカフェだ。怜は、パワーランチならぬパワーモーニングを、自室スイートに招いた相手としている最中だった。智章でも名前を知っている大手都市銀行の頭取が相手だ。そんな状態で、よくも電話に出たものだ。

智章は憮然とした面持ちで、カフェの席に着いた。

「コーヒーでよろしいですか?」

そう訊くクインシーは、智章の向かいに腰を下ろしてくる。

「どうぞ仕事に戻ってください、クインシーさん。突然押しかけたのは、僕のほうなんですから」

しかし、クインシーはにこやかに「大丈夫です」と答える。それどころか、

「森島様を放っておいては、わたしのほうがレイ様に叱られます」

と、微笑む。そういえば、この秘書には怜とキスするところを見られていたのだと、今さらながらに思い出して、赤面した。

「……すみません……いろいろとご迷惑をおかけして」

居たたまれずそう謝ると、クインシーはとんでもないと手を振る。

「迷惑をおかけしているのは、こちらのほうです。レイ様はなんといいますか……少々強引なところがおありなので」

そう言うと、心配そうに智章を見やる。

「無理矢理、ということはございませんか、森島様。もし、そうでしたら、わたしからレイ様をお諫め申し上げますが」

怜よりもっとはっきり『外国人』という容貌をしながら、怜よりずっと道理の通じることを言ってくるクインシーに、智章はつい驚いた。同じように流暢な日本語を話しながら、怜にはなかなか智章の意思が通じないところがあるのに、意外だ。やはり、怜が特別なのか。

——セレブだもんなぁ……。

外国人というよりも、境遇の違いのほうがより大きいということかもしれない。

つい、智章は苦笑した。

「ありがとうございます。やっと、話の通じる人と話せた思いです」

ホッとしてそう言うと、クインシーがなんとも形容しがたい、困ったような、申し訳ないような顔をする。

「申し訳ありません。なにしろレイ様は、亡き会長から英才教育をお受けになった方で、そのせいでいろいろとありまして……」

「亡き会長っていうと、怜のお祖父さんですか？」

たしか息子夫婦の結婚に反対していた。智章が訊くと、クインシーは頷きを返す。

「はい。それまでは単なる一鉄鋼会社だったイーストン・コーポレーションを、財団にまで拡大させた方です。それだけに、財団の将来に対する思いも深く、レイ様の能力に大きな期待をかけておいででした。ただなんと申しますか……英才教育が過ぎた部分もございまして……」

「英才教育……なんかすごいな」

智章は呟く。ますます自分との差を感じた。

幼稚園児の頃から渡米し、その後英才教育を受けた怜と、そのままのんびり育った智章。

いろいろとずれた部分があるのも当然に思える。ため息をついた智章に、クインシーが続けた。

「ええ。ご兄弟の中で特にレイ様の能力が高くていらしたので、亡き会長は手元に引き取って、レイ様をお育てになりました。おかげで、経営者としては最高の方になりましたが、私生活はいろいろとございまして」

「引き取られてって……おじさんやおばさんは？　一緒じゃなかったんですか？」

引っかかるものを覚えて、智章はクインシーに訊いた。

そこに注文していたコーヒーが二人分届き、受け取ってから、クインシーは智章に頷いた。

「はい、森島様。レイ様だけが亡き会長のお屋敷に引き取られ、英才教育を受けられたのです」

「そんなことを……。怜はいやじゃなかったんだろうか」

つい呟いた智章に、クインシーはなんとも微妙な顔をする。

「さ、そのあたりはなんとも。わたしも、入社してからレイ様の秘書になりましたので。ただ、わたしが出会った時には、レイ様は今のレイ様でございました」

と、クインシーが言葉を切る。どこか考え込んだような表情で、智章を見つめてきた。

なにか悩んでいるのだろうか。そう思いかけて、智章は気づく。もしかしたらクインシーは、怜が智章と付き合うことに反対なのかもしれない、と思った。

考えてみれば当然のことだ。怜は、いずれイーストン財団のトップに立つ。その男が結婚もせず、同性の男と関係しているなんて外聞が悪すぎる。秘書としては認められるはずがなかった。

心配することはない、と智章はクインシーに言おうとした。智章に怜の求愛を受け入れるつもりはなかったから、不安に思うことはない。しかし、その前にクインシーが再び口を開く。

「森島様、レイ様には今まで、多くの恋人がおいでてでした。けして、森島様お一人を想ってお過ごしになっていたわけではありません。どうか、レイ様とのことはよくお考えになられますよう」

「え……あの……」

機先を制され、智章は口ごもる。クインシーの口調は、智章と怜の関係を妨げようとするものというより、智章自身の身を案じているように聞こえた。どうして、そんなふうに思われたのだろう。

智章は戸惑ったが、しかし、聞き捨てならない内容でもあった。

――恋人がたくさんいたって……？

いや、あのベッドでのテクニックを思えば、今までずっと一人でいたというほうがおかしい。

だが、少なからずショックだった。恐る恐る、智章はクインシーに問いかけた。

「その……たくさんというのは、具体的にはどのくらい……」

「複数を、同時進行も珍しくはございませんでした。ですので、人数にしたら十人、二十人ではきかないかと」

「そんなに……！」

あまりの多さに、智章は口をポカンと開ける。ただただ驚くしかない。

智章の交際人数は、二十七歳にして三人というところだから、怜の多さは異常だ。普通じゃない。

というより、遊び人だ。とても真剣な交際をした人数とは思えなかった。

「どうして、そんなにたくさんと……」

呟くと、クインシーは律義に答える。

「さあ、それは……。レイ様は、楽しいのだからいいではないかと仰っていましたが」

「楽しいのだから……」

なんとも享楽的な言葉ではないか。だが、享楽的？　本当だろうか。智章は顔をしかめる。

強引だった怜。甘い言葉で、智章を行為へと流してしまう怜。

だが、口調は軽く聞こえても、時々ドキリとするような切ない眼差しで智章を見つめている怜――。

あの日には真実があったと、智章は思った。行為の最中、時に縋るようだった怜の様子も、智章は忘れられない。享楽的という言葉とは、まったく正反対の姿だった。

その怜と、クインシーの語る怜とは繋がらない。どちらが本当の怜なのかと、智章は考え込んだ。

クインシーは控えめながらもはっきりと、智章に警告する。

「どうか、森島様、レイ様の言葉を真に受けませんよう、お気をつけくださいませ。森島様のためでございます」

そんなふうにして会話は終わり、会食がすんだ怜から、部屋に来るよう連絡が入る。

クインシーの心配げな眼差しを背に、智章はもう一週間以上過ごしたスイートルームに向かった。


「どうした、智」

顔を合わせたとたん、怜は智章を抱きしめてそう訊いてくる。一時でも離したくないと抱擁してくるのはいつものことだが、智章はそんな気分になれず、怜の胸を押しやった。

「仕事のことで来たんだから、やめろよ」

不機嫌にそう言って、本来の目的に意識を向ける。怜の事情を聞くために戻ったのではない。文句を言うために来たのだ、と自分に言い聞かせる。

押しやろうとしても離れない怜にイラつきながら、智章は考えてきた苦情を言った。

「契約のことで、今朝電話があった。勝手に話をまとめるな。担当者になんて言ったんだ、怜」

「ああ、そのことか。だって智、これはわたしからのプレゼントなんだよ？　君の手柄になるように話がまとまらなくては、意味がないだろう」

だからそうしたのだと、悪びれずに言ってくる。本心から智章の役に立ちたいという口ぶりの怜に、智章はため息をついた。

「あのな。おまえ、オレを馬鹿にしているのか？」

「なにを言うんだ、智。愛する相手にそんなこと、思うわけがないだろう」

怜が驚いたように声を上げる。本気でわかっていない様子に、智章はこめかみを強く揉む。

怜がどんな人間であろうと、こんなだから、桁外れのセレブとは付き合えないのだと思う。

「あのな。オレだってまだ、あの担当者を納得させる方法がないわけじゃないんだよ。ちゃんと納得してもらって、そうでなけりゃ、次の仕事に繋がらないだろうが」

「次の仕事なら、継続して君の会社と仕事をするように、指示を出しておく。これで心配ないだろう？」

簡単なことだ、と怜が言う。実際、怜にとっては簡単なことだろう。

だが、そうではない。智章はなんとかわかってもらおうと訴えた。

「だから、そういうのが馬鹿にしているって言うんだ！　そりゃあ、オレはおまえと比べたら、ごく平凡な一般人だよ。仕事だって冴えないし、おまえみたいに大きな仕事をするなんて夢のまた夢だよ。でもさ、だからってこんなことされたら、まるきり無能扱いされてるだけだって、わからないか？大きな仕事じゃなくたって、オレなりにコツコツとやってきたんだ。オレの頭越しに、そうやってなんでもおまえがしてくれるっていうのはな、そういうオレの努力をまるで意味のないものだったと言うようなものなんだよ。わかれよ！」

言っているうちにたまらなくなって、智章は怒鳴った。

財団トップの祖父から英才教育を受けた怜と、中堅商社でちまちまと働いている自分。その差は歴然だ。怜と比べれば無能同然の自分が文句を言うなんて、僭越にも等しいかもしれない。だが、黙って餌をもらって尻尾を振るのは、智章の流儀ではないし、そういうやり方は違うと思う。怜が察したとおり仕事に情熱がないのは本当だが、それは給料分の仕事もしたくないという意味ではない。怒りを込めて、智章は怜を睨んだ。

怜は驚きに目を瞠っている。やがて、髪をかき上げた。

「わたしは……どうも智のプライドを傷つけてしまったのか？　便宜を図ってやって、こんなふうに文句を言われたのは初めてだ」

信じられないと首を振るのを、智章は複雑な気分で見上げた。

いったい、今まで怜はどんな相手と付き合ってきたのだろう。クインシーの言うとおり、複数の相手とそういう付き合いをしてきたのか。だとしたら、碌《ろく》な付き合いではない。

だが、怜にとっては交際する相手にあれこれ便宜を図ってやるのは、当たり前のことなのだろう。

——なんだよ、それ。

そんなものが恋人と言えるのか。そんな筋合いではないのに、傷ついた気分になる。智章だけと言いながら、恋人たちが大勢いたことに怒りを感じるべきなのに。

智章は視線を背け、不機嫌に吐き捨てた。

「……おまえの周りにいる奴らと一緒にするな。おまえからもらうのは好意だけでいい。なんで、それ以上のものが必要なんだ」

「必要じゃない？　だが、智は仕事がうまくいけば、嬉しいだろう。手柄になれば、智の得になる。

わたしにそれが叶えられるのならば、欲しいと思わないのか？」

不思議そうな、驚いたような問いだった。智章にはどうしてそれが不思議なのか、そちらのほうが理解できない。そして、怜の寒々とした環境に、胸苦しい気持ちになる。

クインシーは、たくさんの恋人たちが怜にはいたと言った。だが、もしそれがこんな打算的な関係だったのだとしたら、それになんの意味があるだろうか。

人を好きになるとは、そういうことではない。ちょっとしたプレゼントや親切は嬉しいが、度を越えたそれには戸惑うものだ。ましてや、こんなズルをするような仕事上での好意など。

けれど誰一人、怜の周囲ではそれを不思議に思う人間がいなかったのだろうと、智章には思えた。

そして、それをおかしく思わない怜――。

ずっと忘れていた幼少期を、智章は思い出す。怜と無邪気に毎日遊んだこと。互いの家を行き来して、双方の家族にお互い可愛がられたこと。

もし、怜が祖父に引き取られず、あの両親のもとで育ったなら、こんな頓珍漢《とんちんかん》な男にはならなかっただろうか。少なくとも、智章の記憶にある怜の両親は、ものと引き換えに愛情を云々するような人たちではなかったと思う。

――同情しちゃダメだ。

智章は自分を戒めた。ひどく胸が苦しかったが、智章が同情したところで怜が慰《なぐさ》められるわけではない。同情で側にいてやるわけにはいかない。

それでも、と智章は毅然と怜を見上げた。同じような愛情は抱けなくても、まっとうな価値観は教えてやれる。

「あのな、怜。そういうのを嬉しがる輩《やから》は、ハイエナっていうんだ。もし怜が、本当にオレのことが好きだっていうんなら、もうこういうことはやめてくれ。オレが好きなら、心だけでいい。高すぎるプレゼントも、仕事の便宜も、いらない。そんなもので、おまえの気持ちはオレに証明されない。好きっていう気持ちだけでいいんだ」

「……だが、それだけでは智は、わたしを好きになってはくれない」

いつもの明るい調子のない、静かな呟きだった。その中にある切なさに胸を痛くしながら、智章は怜を見つめ続ける。抱きしめたくなるのをこらえて、きっぱりと言う。

「恋愛っていうのはそういうもんだよ。ものに釣られるんじゃ、恋とは言えないだろう?」

それでもこらえられなくて、怜の頬を智章は片手で包む。男らしい鋭角的なラインなのに、この時の怜はなぜか頼りなく感じられた。智章が守ってやらなくてはいけない、弱い存在に思えた。

なにもかも、智章よりも優れた男なのに。

頬を包む智章の手に、怜が自身の掌《てのひら》を重ねる。そのまま、なにかを感じ取るように目を閉じた。

「温かいな、智は……」

「馬鹿……なに甘ったれたことを言ってるんだ」

そう言いながら、智章はじっと動かない。怜の頬をやさしく包み、やがてもう片方の手をその背に回した。無言で、頓珍漢な男を抱きしめる。

心だけでいい――。

それが伝わることを、智章は心から願った。

§第五章

その夜、怜は智章を抱こうとしなかった。ただ一緒のベッドで休み、眠った。

目覚めると、智章は怜に抱きしめられていた。まるで子供がお気に入りのタオルケットを抱くように、智章を抱きしめている。気難しい寝顔とのギャップがおかしくて、智章は苦笑した。

それから目覚めると、怜は奇妙に落ち着かなげだった。昨日までは智章がいやだと言っても無理矢理抱擁してきたのに、遠慮がちだ。

「――おはよう、智。キス……してもいいか」

壊れ物を扱うように恐る恐る頬に触れられ、そんなふうに訊かれると、智章としては否と言いにくい。もう散々、キス以上にいやらしいことをしているのだ。

「いいよ。なんだよ、急に殊勝になって」

「いや……なにもしてはいけないなら、智をどうやって口説いたらいいかわからない。プレゼントもなしに、智がどうしたらわたしを好きになってくれるのか……」

自信なさげな呟きに、智章は驚く。心だけでいいというのが、そんなに怜を混乱させたのだろうか。

いつにない困惑を見せながら、怜が頬を包むものだから、智章も我知らず顔を赤らめる。とんでもなく淫らなことをしてきたというのに、なんだか初めてキスをするみたいな気持ちにさせられる。

「おはようのキスだろ。早くしろよ」

誤魔化したくて、わざと無愛想に怜を促した。

「……ああ、わかった」

怜がおずおずと、唇を寄せてくる。そっと、唇と唇が触れ合った。ただそれだけでキスは終わる。

「……これだけでいいのか？」

「いや、だって……挨拶だろう？」

それ以上をしてもいいのかと、怜が窺いながら智章をチラリと見やる。

なんというのか極端な奴だ。昨日までのエロエロとは百八十度態度が違っているのが可笑しい。だが、なんだか悪くない。もので釣ろうとするのではなく、心で心を得ようとする怜は、今までになく可愛かった。それで、やるべきではないのに、つい智章のほうからも軽いキスを贈ってしまう。

「智……！」

驚く怜に、智章は悪戯坊主のように笑ってやった。

「挨拶。オレからも、な」

そう言って、ベッドを下りる。再会して初めてセックスをしなかったというのに、なんだか妙に心が怜に向かっていた。

――いやいや、ありえないから。

自分で自分にそう突っ込みを入れながら、智章は出勤のための身支度をする。この調子なら、あと一週間弱は平和に過ごせるかもしれない。

絶対ホモにはならない。最後にもう一度、そう心に刻んでから、智章は怜と別れて出社した。


お帰りのキスをして、食事、それから寝室でともに休んだが、やはり怜はなにもしてこなかった。

ただ次の日の朝のキスが、その前の日よりも少しだけ長かった。キスをして、智章の額に額を押し当てながら、切なげにため息を洩らす。

「……あと五日しかいられないのに、どうやって智を口説いたらいいかわからない」

「口説かれないよ、オレは」

智章はそう即答して、怜の胸を押しやる。強引さのなくなった怜は、それだけで簡単に抱擁を解いた。その呆気なさに、なんとなく物足りないような、寂しいような……。

そう感じる自分に慌てて首を否定の形に振り、智章は出社した。

それから仕事を終え、ホテルに戻って怜の帰りを待つと、戻ってきた怜に熱く抱擁される。

「ただいま……」

そうして求められるキスは、舌は入れないまでも、やはり心持ち長めだった。

「……ん」

唇と唇を合わせるだけのキスなのに、離れる時になぜか智章から湿り気のある吐息が洩れる。身体が熱かった。触れ合っている怜の身体も熱かった。そのまま、しばし強く抱き竦められる。

「智、ずっとこうしていたい……」

智章は答えられない。応じられないと答えは決まっているのに、どうしてか離れられなかった。

自分でも、自分の心境がわからない。怜にはたくさんの恋人がいて――まあ、ハイエナのような輩だが――これからだっていくらでも恋人はできるとわかっているのに、高価な贈り物も仕事の便宜も図らず、メチャクチャに感じさせられるセックスもなくなってからのほうが、妙に心が騒ぐ。途方に暮れたような怜を抱きしめたくなる。

——だから、違うって……。

同情は愛ではない。何度言い聞かせたかわからない言葉を、智章は再度胸中で呟いた。今、自分が感じているのは同情であって、恋ではない。自分は怜を愛していない。

それなのに、夜眠る時に、智章は自分から怜にキスしてしまう。

「おやすみ、怜」

そっと触れて、離れた唇に、怜は驚いたように目を見開いていた。

「なんだよ、してほしいんだろ？」

気恥ずかしくて、智章はぶっきらぼうに吐き捨てる。そんな智章を怜がおずおずと抱きしめてきた。

「わたしからも……おやすみのキスをしてもいいか？」

「……今したので充分だろ」

ベッドに倒されながら、智章は憮然と文句を言う。だがすぐに、怜が覆いかぶさってくる。

「いやだ。わたしからもしたい。智、愛している」

「ん……」

やさしいキスだった。二度、三度と啄ばまれて、つい智章の唇がわずかに開く。

「んっ……ゃ……ん、ぅ」

抱かれなくなって初めて、口中に舌を入れられた。逃げる舌を追いかけられ、愛しげに捕らえられる。絡まって、甘く吸われた。引き剝がそうとした手は、気がつくと怜の肩に縋りついている。

「…………ダメ……だ、んっ……ふ」

「智、愛してる……」

キスの合間に、何度も愛を囁かれた。今までで一番、心臓にくる愛の言葉だった。

どれだけキスばかりしていたのだろう。やっと唇が離れた時、智章の呼吸は荒く、胸は喘いでいた。

「……馬鹿野郎。これのどこが、おやすみのキスだ」

それでもなんとか憎まれ口を叩くと、怜が悄然と謝ってくる。

「ごめん……でも、智からキスをしてくれて、我慢できなかった」

「我慢しろ、馬鹿……あ」

膝を立てた拍子に、怜の股間に膝頭が触れた。その熱さに、智章は思わず声を上げた。

熱い。そして、昂っている。怜が慌てて腰を引き、智章から離れた。

「ごめん……」

痛いほどに股間が張りつめながら、智章に背を向ける。前みたいに、強引にしてしまえばいいのに。

そう思いかけて、智章は我知らず頬を赤くする。以前と違って怜が智章の心中を慮《おもんぱか》ってくれることに、そして自分が怜に抱かれるについて抵抗感がないことに、赤面する。

同性との行為に抵抗感がなくなったのは、怜のせいだ。怜があんなに智章を気持ちよくさせなければ、もっと男同士の行為に嫌悪を持っていられた。そんなふうに怜をなじる。

なじりながら、無理に抱こうとしない怜に、智章の心は騒ぐ。快楽に押し流されている時よりもずっと、今の怜のほうが智章の好感を高めた。

そんなふうにして夜を過ごした翌朝のキスは、最初からもう舌を絡めたキスになっていた。

「おはよう、智」

「……おはよ……ん」

ベッドの上でのしかかる怜に、智章は不機嫌な顔を見せながらキスを受け入れてしまう。たっぷりキスを味わわれてから、切なげに抱きしめられた。

「……智」

必然的に触れてくる股間は、昨夜よりももっと熱く昂っていた。

そうして再度一日、また一日と経ち、とうとう約束の二週間の最終日となった。


「ありがとうございます！」

智章は大きく笑みを見せて、イーストン・インダストリーズ社の担当者に頭を下げた。

テーブルの向かい側に座った担当の男は、苦笑している。

「まあ、これでも少々高いと思いますが、品質を考えればいいでしょう。吉木物産さんが、ここまで頑張られるとは思いませんでした。今後も、いいお付き合いを続けられるといいですね」

ほぼ賞賛の言葉だ。怜絡みの仕事で、最初は偏見の目で智章を見ていた彼の態度も、この数日の再度の打ち合わせで変化していた。智章の仕事を認めてくれたためだ。厳しい値段交渉だったが、頑張った甲斐があった。

「では、こちらでよろしくお願いします」

契約を交わし、智章は再度、深く頭を下げた。早速帰社して、成果を課長に報告する。

「OKが出ました！」

「そうか！　やったたな。うちのほうもそこそこ利益がある単価だし、よく話をまとめられたな」

イーストン・インダストリーズ社の要求に応えられるだけのものを、と智章は他の会社にも当たり、値段と質の双方に納得のいく商品を探し出した。それでもって交渉したのだ。

その甲斐あって、一過性ではない継続的な仕事の道筋もつけられた。怜の紹介をただのコネで終わらせず、次の仕事に繋げられたのだ。こんなに嬉しいことはない。怜にも報告したい。

祝杯をあげようという課長に、今夜がＣＥＯが日本で過ごす最後の夜だからと断り、智章は就業時間が終わると勇んでホテルに戻った。

怜はまだ帰っていない。ただ、今夜の怜の予定は早めで、七時過ぎに戻ると告げられていた。

智章はシャワーを浴び、久しぶりに怜の用意した衣服に着替えた。最終日の夜くらい、怜から贈られたものを身に着けて、夕食を楽しんでもいいだろうと思ったのだ。

——大変なこともされたけど、怜には世話にもなったしな。

それに、求愛に応じられない謝罪もある。この数日、怜の想いは痛いほどに伝わっていたが、性別からいっても、境遇の違いからいっても、智章にはとても受け入れられなかった。

身支度を終え、智章はため息をついてリビングのソファに腰を下ろした。だらしなく、背もたれにだらりともたれかかる。

「あいつ……アメリカで今度こそ、まともな恋人ができるといいんだけどな」

振っておいてこんなことを言うのは大きなお世話だろうが、怜が心配だ。怜のバックボーンに群がるハイエナではなく、怜自身を求めてくれる誠実な相手ができるといいのだが。そうして、智章にはできなかった温かな愛情を、怜に与えてくれるといい。智章の見るところ、怜には埋めようのない空洞がある気がした。寂しいとか、孤独とか、そういう言葉で形容されるような空白だ。

両親兄弟から引き離され、祖父のもとで育てられたために空いた穴だろうか。

この数日、時に考えたことを智章は思う。

幼稚園時の智章の記憶では、怜の家族はごく普通に仲のよい家族であったように思う。一度、二度、智章も怜一家に参加して、海や遊園地に行った記憶があった。はしゃいで遊んだ二人に、怜の両親も楽しそうに相手をしてくれた。逆に怜を、智章の家族で遊びに連れていったこともある。そんなふうに、互いに行き来し合う親しい関係であった。

その頃のままだったら、自分は怜からの求愛を受け入れたりしたのだろうか。

「う〜ん……」

智章は腕組みして、天井を見上げる。あれほどのことがあっても怜のことは嫌いにはなれないが、といって愛とか恋とか言われても頭がグチャグチャとしてよくわからない。

ただ、今朝もディープなキスをしてしまった。

「ただの友人で、あれはないよなぁ……」

ちょっと……いや、かなりゾクゾクしたことは怜には内緒だ。怜との行為に欲望を覚える自分を、智章はどう考えたらよいのかわからない。

唯一わかっているのは、自分と怜の世界は違うということだ。たとえ怜を愛することがあったとしても、違いすぎてついていけない。所詮智章は、小市民的幸福が分相応な小者なのだ。

そんなことをつらつら考えながら、怜が帰るのを待った。

怜も最後の夜を意識したのか、七時ほぼちょうどに、部屋に戻ってくる。

「智……！　ただいま」

逸《はや》る心を抑えかねたように駆け寄った怜に、智章は抱きしめられる。顎を掬われ、唇が近づいた。

「……ん」

甘い鼻音を洩らして、智章は怜からのキスを受け入れた。腰に腕を回し、智章も怜を抱擁する。

「ん……ふ……んぅ……ぁ」

熱い舌と舌が絡み合い、キスの間にどんどん、怜の下腹部で欲望が兆《きざ》していったが、智章もキスに夢中でそれどころではなかった。智章自身も高められていて。

「ぁ……」

やっと唇が離れた時、互いの股間が熱くなっていた。

それを意識し、頬を赤らめた智章に、怜が真摯に、希《こいねが》ってくる。

「——智、一緒にアメリカに来てくれないか？　あの時の約束どおり、わたしと結婚してほしい」

イエスと言ってほしい。その願いが痛いほどに伝わってくるプロポーズだった。

そうなってはいけないのに、智章の心が揺れた。じっと見つめる怜の眼差しが子供のようで、縋るようで、抱きしめて「はい」と返事をしたくなる。

だが、それは同情だ。愛とは違う。それに、たとえ愛していても、自分が怜とともに生きる姿を智章は思い描くことができなかった。

——オレたちは世界が違うんだ、怜。

そう心中で呟き、しかし、そんな思わせぶりな言葉は自戒して、智章は求愛を断る。

「……ごめん、怜。オレはやっぱり、おまえを好きにはならなかった」

くしゃ、と怜が泣き出しそうな顔になる。堂々とした男のそんな表情に、智章は胸をつかれる。怜の穴を埋めてやりたくなる。だが、その役目は智章のものではない。

代わりに、智章は大切な幼馴染みの頭をそっと撫でた。

「ごめんな、怜」

「どうしても……わたしを好きにはなれない、智？」

必死に、怜が食い下がってくる。智章も、もしかしたら泣きそうな顔になっているかもしれない。

しかし、絆されずに、首を横に振った。

「好きだけど、友情の好きだ。愛じゃない。ごめん、怜」

「……あんなキスをしたのに？」

ついさっきの深いキスを指摘され、智章は気まずさに眼差しを伏せる。しかし、拒絶する。

「うん……ごめん」

「あのキスで……智だってこんなに熱くなっているのに？」

股間を腿で軽く撫でられ、智章は息を詰まらせた。ゾクリとした感覚が込み上げ、強く目を閉じる。

「……ダメだって、怜」

やっとそう言うと、怜が顔を覗き込む気配がした。目を開けると、間近で怜の綺麗な青みがかったブラウンの目に捕らえられる。

「――身体と心は違う？」

問いかけは、どこか甘かった。智章は胸を喘がせ、なんとか「違う……」と囁き返した。

だが、最後の音を発するか発しないかのうちに、怜に唇を塞がれた。

「んっ……れ……んぅ」

さっきまでの、深くはあってもやさしいキスとは違う。奪うような、激しい口づけだった。

「ゃ……怜、やめ……んんっ」

拒もうとするが足がもつれ、ソファに身体を倒される。そのまま貪るように、キスされ続けた。

舌が痺れる。身体の奥に熱がこもり、熱くなっている下腹部がズキズキした。

智章は必死に拒もうとした。しかし、唇が離れても、怜に激しく求められる。

「結婚してくれないなら、智……今夜もう一度、最後に智が欲しい」

この数日、こもる熱の中でこらえてくれた、怜の欲望だった。

智章は呼吸を荒らげたまま、のしかかる怜をじっと見上げた。愛でも恋でもないのに身体を重ねるなんて、どうかしている。しかも男同士でこんなこと、することではない。

だが、智章は拒む言葉を口にできない。こんなに智章を激しく求める相手はいなかった。たとえ間違っているとしても、最後のこの時を拒むことなどできない。

真っ直ぐに、智章は怜を見つめた。覚悟を決めて、唇を開く。

「――いいよ、怜。好きなように、オレを抱けよ」

許しの言葉に、歓喜と絶望の呻きとともに、怜は智章にむしゃぶりついた。


「う……うう……っ」

ソファとセットの低いテーブルに、智章はしがみつき、込み上げる喘ぎを必死に押し殺していた。

中腰になった智章の背後から、怜がのしかかり、その肉奥を貫いている。

明度を落とされていない照明の中、智章は忙しなく穿《うが》たれていた。

「智……智……っ」

すでに一度、ソファの上で交わったというのに、怜はまだ勢いを衰えさせていない。

智章は必死で、脱ぎ捨てたシャツで己の花芯を覆おうとしていた。

「怜、手を放せ……イく……っ」

この体勢で達してしまったら、テーブルや床の絨毯《じゅうたん》に智章の雫《しずく》が飛んでしまう。そんな恥ずかしいことはできなくて、背後から穿ちながら果実を指で弄ってくる怜を、なんとか制止しようとした。

しかし、怜は承知しない。

「いやだ。わたしの手でいっぱい出して……智」

「んっ……んっ……ダメ、っ」

なんとか怜の手ごと、シャツを被せる。シャツ越しに、智章はイかせようとする怜の手を捕らえた。

しかし、それが図らずも、猛りきった己を縛《いまし》める動きになる。イきたいのにイけず、智章は後孔を突き上げる怜を締めつけた。

「んっ……智、わたしのほうがイ、く……っ」

ドクリと欲望が膨れ、止める間もなく体内で破裂する。

「あっ……あぁっっ！」

熱い飛沫に奥の奥まで浸食されて、智章は引き攣った悲鳴を上げた。

怜の手ごと果実を握る指から、力が抜ける。だが今度は、怜の手が智章の絶頂を縛めてきた。

「う……っく、怜」

イきたいと振り向く智章に、怜が意地悪く、けれどひどく切なげに笑った。

「飛び散らせたくないんだろう、智」

そう言うと、後孔から自身を引き抜き、智章の身体を抱き上げた。ガラステーブルの上に横たえ、恥ずべき下肢を押し広げる。

「今度はわたしの口に出して……全部、飲むから。智の蜜……これが最後の夜だから」

「や、っ……怜……！」

「やあぁぁ……っ！」

熱く、ぬめった口中に、智章の果実は含まれた。奥まで深く咥えられ、ねっとりと扱かれ始める。

舌と唇で。それはとんでもない快楽だった。怜の口腔は的確に、智章のいい部分を刺激する。

同じ男同士なのだから、ある意味当然だろう。どこが感じて、なにがいいのか、同じ身体を持つ者同士わかるのだ。裏筋に舌を這わされ、陰嚢をやさしく揉まれる。音がするほど激しく口腔が上下したかと思うと、次の瞬間には先端の部分を舌先でねっとりと舐め上げられる。

と、怜の顔が上がり、恥ずかしい部分をすべて晒している智章の下肢を、うっとりと見つめてくる。

「……すごいね、智。二回も智の中に出したから、後ろがひくつくごとにわたしの出したモノがトロトロと滴《したた》り落ちてきている。それに……まだ、なにか咥えたそうだ」

怜の言うとおり、さっきまで太いモノを咥えさせられていた後孔が、花芯を口で愛されるごとに物欲しげに入り口を開閉させ、中に放たれた怜の樹液をトロリと洩らしていた。居たたまれないほどに、淫らな身体の蠢《うごめ》きだった。

「言うな……馬鹿、んっ」

智章は、恥ずかしいことを言う怜を罵り、その身体を押しやろうとした。

しかし、濡れてひくつく襞口に、怜の指先が触れる。柔らかく触れ、緩んだ襞をそっと押し広げられ、智章は仰け反った。

「やめ……っ！」

身体の奥がジンジンする。触れられた襞口が甘く疼き、もっと太いモノで擦ってほしいと、智章を淫らに責める。怜の喉が興奮したように、コクリと鳴った。

「……すごい。中がグチュグチュだ。あぁ……それに智、ここを弄られたほうが智のペニスがもっと反り返って………気持ちがいい？　イきそう？」

「馬鹿、やめろ……あっ、あっ！」

二本に揃えた指がグチュグチュと、怜の精液に塗《まみ》れた智章の中をかき回す。同時に、昂りきった性器をペロリと舐められた。

「いいよ、イッて。後ろも弄ってあげるから、好きなだけイッてくれ、智」

「んんんっ……やっ……！」

そのまま再び果実が怜の口腔に収められ、いやらしい愛技が始まる。もう智章は、とても抵抗できなかった。果実への熱い口唇、後孔への淫らな指の抽挿で、一気に絶頂へと駆け上がらされる。

「んっ……んんん――――………っっ！」

せめてもと、両手で唇を塞いで、智章は怜の口腔に白蜜を爆発させた。ひと際深く奥を抉った指を締めつけ、腰を突き上げながら全身を戦慄《わなな》かせてイく。耳鳴りがした。涙が滲む。

けれど、なんという快感だろう。こんなに感じるセックスを、智章は怜以外としたことがなかった。

「はぁ……はぁ……はぁ……」

なんとも言えない悔しさに、目が潤む。しかしそこに、身を起こした怜の喉を鳴らす音が聞こえて、智章は居たたまれない思いで目を開けた。

智章の眼差しを捉えて、怜がうっとりと微笑む。見せつけるように、まだわずかに舌に残った蜜液を口を開けて晒し、智章の目を見つめたままゆっくりと、それを嚥下《えんか》した。

「美味しい……」

「……なわけないだろ、そんなもの」

美味いわけがない。それなのに怜は陶然としたまま智章を引き起こし、抱きしめた。

「美味しいよ、とても。智のモノだと思うと、すごく……興奮する」

「やめろ、馬鹿……」

恥ずかしくて押しやろうとすると、怜が小さく呟く。

「ああ……それとも、もっと控えめに言ったほうが智の好みだったね、ごめん。しかも、こんな明るい場所で抱いてしまった。わたしは智のすべてが見られて嬉しいけど、智はいやだったよね」

再びごめんと呟き、智章を抱き上げる。

「ちょっ、おま……っ！　自分で歩けるから、下ろせ……っ」

裸身でお姫様抱っこされるなど、こんなに恥ずかしいことはない。智章は男なのだ。

だが、怒鳴った智章に、怜は綺麗に微笑んだ。

「ダメだよ。今夜だけは、智はわたしの恋人だ。なんでも全部、やってあげたい」

甘い言葉。しかし、その奥に見え隠れする切なさに、智章は抵抗する言葉を呑み込んでしまう。

今夜だけ——。

こんなふうに怜に抱かれるのは、今日が最後の夜だった。急に、胸が詰まった。

「……重いだろ」

怜の想いが切なくなり、それだけ言って、智章は怜の肩に摑まる。怜はやさしく微笑んだ。

「恋人の身体が重いわけがない」

「ふざけたことを……」

「ふざけてなんかいない。本当のことだよ、智。——智だけが、真実の恋人だ」

誓うように静かに、最後の言葉を怜が口にする。智だけが真実の恋人——。

その言葉に、智章の胸はズキリと痛む。高価な贈り物や、仕事上の便宜を図るのが当たり前の、怜の恋。金目当てにセレブ男性を落とす女性の話はゴシップ的によく聞くが、怜もそのセレブ男性の立場だった。寄ってくる人間は皆、なにかしらの欲望を秘めていて、贈られる物を当然として受け取る。

家族だって、今はどんな関係でいるかわからなかった。幼時から引き離された怜と両親たちとの関係は、どうなっているのだろう。やはり溝ができているのだろうか。だとしたら、怜は孤独だ。

苦しくなって、智章はぶっきらぼうに苦言を呈する。

「……こんなふうに恋人を甘やかしちゃダメだ。勘違いして、碌でもない奴がまた寄ってくるだろ」

「ハイエナのような？　でも、恋人は智だけだよ」

怜は涼しい顔だ。そのまま、智章を寝室に運んだ。ベッドに下ろされ、智章はつい怜を見上げる。

「……まだ、スルのか？」

「足りないよ。だって、智とひとつになれるのは、今夜で最後なんだから」

のしかかられ、キスをされる。何度も口づけて、頬と頬を擦り合わされた。

「クインシーからもなにか聞いたかもしれないが、わたしの恋人は智だけだ。智だけ、愛してきた」

「怜、それは……」

触れるほどの近さで、智章は怜と目と目を見交わす。怜はふっと、苦く笑った。

「付き合う相手は大勢いた。とっかえひっかえたくさんの相手と寝てきた。でも、虚しいだけだ。智だけだ。智だけ……心と心で、語りかけてくれた」

「怜……んっ」

また唇を塞がれ、貪られる。掌が肌を這い、胸を撫でた。

「智、可愛い……」

胸の粒を抓《つま》まれ、智章は詰まった呻きを洩らした。ジンとして、下肢へと快感が直結していく。

「んっ……ダ、メ……ぁ」

「胸で気持ちよくなるのが恥ずかしい？　ああ、ごめん。またやってしまった。ごめんね、智。恥ずかしいことはもう言わないから……」

目を開けると、寝室の灯りはしぼられている。リビングでの行為と違って、薄暗い中、怜は智章に覆いかぶさっていた。

「智……智、愛してる」

そう言いながら、チュッチュッと乳首に何度もキスをする。ただ愛の言葉しか言わないのは、智章を辱《はずかし》めないためだろう。今のこの状態をどう言っても、智章を辱める言葉にしかならない。胸がどうの、性器がどう反応しているの、それを避けるために怜は愛の言葉だけを口にしているのだろう。

あけすけな行為が好きなくせに。強引なくせに妙なところが素直で、智章は泣きたくなる。

怜が愛しかった。園児の頃からガラリと変わって頓珍漢な男になった怜が、智章は愛しかった。

「んっ……んっ……」

乳首を弄りながら、片方の手が下肢へと這う。恥ずかしいことに、キスと胸への刺激で智章のそこは再び実り始めていた。

怜もそのことがわかっただろうに、指摘しない。ただ黙って、愛しげに智章のそれを握って撫でた。やさしく、何度も扱いて、濡れた先端をことさら念入りに指先で撫でる。クチュクチュと湿った音が、智章を赤面させた。

それから、充分に濡れた指が、性器から奥へと忍んでいく。チュッ、と甘く乳首を吸って、怜が顔を上げた。縋るような表情だった。

「智……もう一度、ひとつになりたい」

精一杯、恥ずかしくない言い回しにして、智章を求めてくる。智章を愛しているから、意に添おうと心を砕くのだ。

智章の顔がくしゃりと歪んだ。思わず、問いが口をついて出ていった。

「恋人……作らないのか？　家族を作らなくちゃ……」

「いらない。智以外、誰もわたしのことなど理解しなかった。智だけが、心を欲しがってくれた」

「欲しいなんて……ぁ」

二本目の指が挿入され、智章は小さく喘いだ。怜が囁く。

「プレゼントも仕事のコネも、智は欲しがらなかったじゃないか。そんなものより、心のほうが嬉しいと言った」

「それは……恋人だったらの話で……う、っ」

二本の指で、後孔をやさしく広げられる。もうすでに二回の放埒《ほうらつ》を受け止めたそこは柔らかく綻んで、怜の指に口を開く。トロ、と中から粘ついた怜の粘液が滴るのを、智章は感じた。

「や、だ……怜、出る……んっ」

怜は無言だ。そのことを指摘して、智章を辱めようとしない。ただ上擦った声で、忙しなく求められた。淫らな智章の肢体に、怜も我慢できないのがわかる。

「……挿れるよ、智。挿れるって言ってもかまわないか？」

それでも懸命に言い方を考えようとするのが、智章の胸を苦しくさせる。たまらなく愛しくて、智章は乱暴に怜を抱き寄せた。

「馬鹿、なにも言うな……黙って、しろ……ぁ」

とたんに、グチュと耳を覆うような淫らな粘着音が、下肢から響いた。素早く引き抜かれた指の代わりに宛てがわれたものから上がった音だった。

「んんん……怜……っ」

額に、頬に、唇に、キスされる。智章のあちこちに口づけながら、怜はゆっくりと三度目の挿入を果たしていった。じっくりと、深い――。

「智……愛してる……」

根元まで深く挿入《はい》ったところで、怜が愛の言葉を囁く。ドクドクと、欲望が体内で脈打っているのがわかる。たくさんの相手を抱いた欲望だ。智章とは比較にならない経験を重ねた欲望だった。

けれど、愛をもって繋がるのは智章が初めてなのだと、悲しくなるほど実感した。

心を傾けてはダメだ。奥底から、止める声がする。時代遅れな言い方だが、自分と怜では身分違いだ。そんな理性もちゃんと残っている。

だが今、智章は怜を抱きしめたい。愛の言葉に、心震わせたい。

「怜、この馬鹿……なんでオレなんだ……」

「子供の時から決めていたからだよ。再会して、もっと智を好きになった。心が欲しいと……言ってくれたから」

そう答えて、「動くよ」と小さく囁く。それに「黙れ」と返して、智章は怜にしがみついた。

言葉に出したことを怜が謝り、そのまま味わうようにゆっくりと、甘く身体を揺さぶられた。

「あ、あ……怜……っ」

力強い抽挿に、智章から声が上がる。女のような喘ぎが恥ずかしかったが、怜の動きに感じているのは事実だった。愛はないはずなのに、怜との行為が一番感じるのは、どうしてなのか。

智章を穿ちながら、怜が呻く。胸を押し潰すような、切ない問いかけだった。

「心は、全部智のものだ。あぁ、智……どうしたら、君に愛してもらえる？」

汗がポタリと落ちてきた。怜の――いや、汗ではない。薄暗い中、怜の頬に雫が伝っている。

「怜……あっ……あっ……！」

激しく突き上げられ、智章は仰け反った。しかし、はっきりとその目は見ていた。胸を濡らす雫は、汗ではない。怜の涙――。

愛してほしいと極まる思いが怜を泣かせ、激しく智章を求めさせている。クン、とひと際激しく、智章の性器が反り返った。触れられていないのに、淫らな疼きが智章を喘がせる。

「やっ……違う……怜、や……っ」

ダメだ。絶対にダメだ。うまくいかない理由が、百も千も頭に浮かぶ。

だが、智章の手が怜の頬を包む。両脚を怜の腰に絡ませ、その律動に喘ぎながら、しめつけられるような眼差しで智章を見つめ続ける怜の頬を、両手で包んだ。

「泣くな、馬鹿……オレたちじゃ、うまくいきっこない……あぅ、っ」

「どうして？　なにがあってもわたしは諦めないし、智だって………智なら、どんなことでも乗り越えられる。今日の契約が、智の力で取れたように」

「え……怜、知って……」

意外な思いで、智章は怜を見つめた。そういえば、怜の想いに押されて、契約がうまくいったことを報告するのを忘れていたことを思い出す。けれど、怜はとっくに知っていた。

それだけ智章を気にかけてくれていたということだろうし、しかも気にかけながら智章の意思を尊重して黙っていてくれたということでもある。

驚き見つめる智章に、怜の動きも止まった。奥まで智章とひとつになったまま、静かに見つめ返す。

「……できるだろう？　智章は、わたしが知っているよりも、ずっと強かった。きっと乗り越えられる。わたしも、智章とともにいられるよう、頑張るから」

手助けではない。智章は智章で努力し、怜は怜で努める。最初の頃のように、一方的に怜が強者で、智章が弱者ではない。それを、怜が理解してくれている。

——オレと怜は……対等……。

境遇も、男としての能力にも差があるが、人としての智章と怜は対等だと示す怜の言葉に、智章の中にあったしこりが氷解していく。

庇護されるだけの弱い存在ではない、自分は。なにかあっても、自分の努力で打ち勝っていける。

「…………ぁ」

じっとして動かない怜を、智章の肉襞がやさしく締めつけた。自分でも意図しない蠢きで、智章の肉体のほうが先に答えを示した。

「智……なんか急に……んっ」

うねる粘膜から立ち上る悦びに、智章の腰がわずかに揺れた。

「ぁ……怜……」

智章の全身が、羞恥に染まる。男に抱かれるなど冗談ではないのに、今の自分は怜に抱かれることを歓ぼうとしている。抱かれたい。智章の口が勝手に動いた。

「怜……動いて……」

「智……」

怜が呆然と、求める智章を凝視した。

智章はハッとする。自分はなんて恥ずかしいことを言ってしまったのだろう。耐えきれず、怜の肩に顔を埋《うず》めた。

しかし、求める気持ちは本心だった。怜が欲しい。そうだ。自分と怜は、ともに歩いていける。

「いいから動けってば……！　好きだから。オレも覚悟を決めるから……」

「智……本当に……？　あぁ……わたしを愛してくれるのか⁉」

信じられないと、怜が声を上げる。

だが、次の瞬間乱暴に、すでに開ききっている脚を改めて抱え上げられた。胸につくほどに苦しく押し開かれ、智章は怜にしがみつく。

「嬉しい、智。わたしも愛している。……好きなだけ動くから。目いっぱい突いてやる、智！　あぁ……愛してる」

「あっ……あぁっ、怜……！」

浮き上がるほどに荒々しく、抽挿が始まった。怜の逞しい怒張が、智章の柔襞を抉る。

だが、智章のそこも戦慄《わなな》いて、自らを犯す怒張に絡みついた。締めつけるたびに、果てしない悦楽が智章を襲った。行為からだけではない。高まる気持ちが、智章をより感じさせる。

「あっ、あっ、あっ……怜……怜、イく……っ！」

後ろへの抽挿だけで、智章の果実が張りつめる。イッてしまうと、全身が反り返った。

「いいよ、イけ……わたしでイッてくれ、智！」

さらに抽挿が激しくなる。乱暴なほどの勢いで奥を突かれ、智章の果実から蜜が飛び散った。

「あぁぁ、イくぅぅ――……………っっ！」

「智……っ！」

絶頂の締めつけに、怜が呻く。強く抱き竦められ、ガンガンと奥を突かれた。痙攣する中で、怜の雄が膨張する。

「ひぅ、っ……あぁぁぁぁ――……っ！」

「くぅ……智っ」

怜の放埒を体内で感じながら、智章は前でイき、後ろでもイッた。大小の火花が、全身で散った。

だがなんと、心地よい快感であることか。

緩く腰を使いながら、最後の一滴まで智章の中に怜が樹液を吐き出す。肉奥の粘膜で怜の欲望に絡みつきながら、智章はそのすべてを呑み込んだ。深く、甘く。

そうして深く繋がりながら、しばらくして怜が充足した吐息をつくのを聞いた。汗にまみれた額を撫で上げられ、啄ばむようにキスされた。

「智、愛している……」

胸が震えるような愛の言葉だった。男同士でこんなことをするなんて間違っている。けれど、なんて満ち足りた告白なのだろう。

「オレ、も……」

好きという気持ちが、智章を感じさせる。

――好き……。

ゆっくりと、意識がかすんでいく。よすぎる極《きわ》みに、神経が追いつかない。

――怜が好きだ。

やさしい気持ちに包まれながら、智章は自失した。

気を失った智章を、怜が満足げに抱きしめていた。

——なんでオレ、飛行機に乗ってるんだ。

ファーストクラスの席で、智章は半ば呆然と、CAが渡してくれたシャンパンのグラスを手にしていた。向かい側には怜が機嫌よく座っている。

ほぼコンパートメント形式になった席は、中で友人と会話ができるように座席を用意することができ、安定飛行になってすぐに、怜がCAに頼んで席を作っていた。そうでなければ、それぞれ別のコンパートメントで、会話がしにくい。

学生時代にエコノミーでしか飛行機に乗ったことのない智章は、初めて乗るファーストクラスの贅沢さにも驚きながら、目の前の怜に頼りなく問いかけた。

「えと……会社は……」

「大丈夫だよ、智。ちゃんとわたしが頼んで、智のことは出向扱いにしてもらったからね。安心して、アメリカに来てくれればいい」

まるでそうするのが普通のことのように、怜が言う。反論するにしても、智章はまだ混乱中だ。

怒濤のOKの翌朝、智章はあれよあれよという間にホテルから空港に拉致され、飛行機に乗せられていた。一体全体、どういうわけでこんなことになってしまったのだ。会社にだって、なんの断りもしていない。そう言う智章に、怜は前述の『出向扱いにしてもらったよ』と言ったのである。

昨日の今日で、怜はなにを考えている。たしかに、怜を受け入れることにはしたが、だからといってこんな急にアメリカに連れていかれるなんて、考えていない。

智章にしてみれば、今後のことはゆっくりと二人で話し合って、日本とアメリカで遠距離恋愛をするのか、智章が英語を覚えてアメリカに移るのか、あるいは怜が日本に来るのか決めようと思っていたのだ。それなのに、なんて強引なのだ。

「おまえ……こういうのは、二人で相談して決めるべきじゃないのか？」

機上の人となって、やっと智章は文句を言う。怜は涼しい顔だ。にっこりと笑い、智章のグラスにグラスを合わせてきた。

「うん。でもね、智。わたしは今日帰国しなくてはいけないんだよ？　せっかく智がわたしを愛してくれたというのに、すぐに離れ離れなんて耐えられないよ」

そんなふうにしれっとした調子で言ったくせに、次には口調を変えて、恐る恐る訊いてくる。

「……智、怒ってる？　智が嫌いなわたしの力を使って、こんなことをして」

しょんぼりと、グラスをテーブルに置く。その様子はまるで主人に叱られた大型犬のようで、智章はもう怒れなくなる。怜の情熱は自分よりもずっと激しいことはわかっていたし、権力を行使することに躊躇《ためら》いがないことだって知っていた。おまけに、二十二年分の想いもある。

加えて言えば、セレブの怜に、庶民な智章の常識はまるきり通用しない。怜にとっては、こんな非常識な行動も、ごく当たり前のこと……なのかもしれない。

智章は大きなため息をついた。とりあえずは仕方がない、と腹を括る。

「もう二度と、勝手にこんなことはするなよ。そりゃあ、おまえほど重要な仕事をしているわけじゃないけど、オレだってオレなりに働いているんだ。うちの会社はギリギリの人数で回しているし、こんなふうに急に一人抜けたら、みんなに迷惑だってことはわかるだろう？」

「……悪かった。でも、せっかく恋人になれたのに」

上目遣いにこちらを見るのが、怜の堂々とした容姿にまったく似合っていない。

だが、そのおかしさがなんとも可愛かった。これが、惚れた弱みということだろうか。

智章は再度、ため息をつく。だが、これ以上は勝手にさせないと、指を一本立てて口を開いた。

「一週間だ。一週間だけ、おまえに付き合う。溜まっていた有休を使ったと思って、バカンスを楽しむよ」

「智……！」

パッと、怜の顔が輝く。それに釘を刺すように、智章はしかつめらしく約束させた。

「ただし、一週間だけだ。そのあとどうするか、ちゃんと——いいか、ちゃんとだぞ！　二人で話し合うんだ。遠距離恋愛か、それとも、どちらかの国に決めるのか、二人で決めるんだぞ、いいな！」

「わかった。二人で決めるんだな、もちろんだ。愛しているよ、智」

身を乗り出され、顎を取られる。智章は慌てたが、「大丈夫。ほぼ個室状態だろう？」と怜に言われ、不承不承目を閉じた。

「愛してる、智」

心を決めたあとのキスはなんだかむしょうに甘ったるくて、まいってしまう。

酔ったように智章は、怜との恋人としての口づけを味わい続けた。甘い甘いキスだった。


空港では、当然のように迎えのリムジンが待っていた。そのままニューヨーク郊外にあるというイーストン家の邸宅に連れていかれる。

「え……って、なんで?」

車内でそう説明された智章が首を傾げると、怜は朗らかに答えた。

「どうしてって、智を両親に紹介するんだよ。恋人ができたら、紹介することになっているからね」

「や……でも、オレ、男だし……」

それに、恋人といってもまだOKを出したばかりで、親に紹介するような段階ではないと思う。

なにからなにまで理解しがたく、智章は目を白黒させる。いったい、怜の頭の中はどうなっているのだ。怜はニッコリと、智章の両手を握る。

「大丈夫だ、智。わたしと君が結婚の約束をしていたことは、父も母も知っている。わたしの背中を押したのは、両親なんだよ」

そうだった、と智章は渋い顔になる。両親の後押しがあって、怜は日本に来たのだった。

――でもさ……昨日の今日で、もう紹介って……。

いくらなんでも早すぎる。第一、自分たちの関係が本当にうまくいくかも、まだ未知数なのだ。

「……今日はとりあえず、やめておいたほうがいいって。飛行時間が長くて、オレも疲れたし」

「疲れたのは、飛行時間のせいだけ? 智、一生懸命声をこらえていたから、つらかったよね。わたしも最後までできなくて、本当に……」

「馬鹿、黙れ! それ以上言うな! よくもあんな恥ずかしいことをしてくれたよな……!」

智章の頬が真っ赤になる。機内で怜にされた数々が蘇り、居たたまれない気持ちでいっぱいになる。

――くそ……ちょっと甘い顔をしたら、こいつは!

最後の挿入こそなんとか拒みきったが、それ以外のあらゆることを智章は怜にされてしまった。キスはもちろん、服の裾から手を入れられて身体のあちこちに触れられたり、股間を弄られたり、ついには怜の口に出させられたりもした。それから智章の痴態に昂った怜の挿入を拒んだ代わりに、とんでもないふるまいをさせられたことも思い出す。

――うぅぅ……あんなの、もしCAさんに気づかれたら……。

恥ずかしさのあまり憤死しそうだ。挿れない代わりに智章は、肌で怜の放埒を受け止めることを求められたのだ。シャツをはだけた半裸で怜に跨り、汚れたらいけないからという理由で、下腹部も露出させられ、その姿で、怜が自分で自分を慰める時を待ち、最後の放出を裸の胸に迸らされた。

『智がとても素敵で、いっぱい出ちゃったよ。ふふ』

剝き出しの胸を、腹部を、怜の粘液で汚した智章を視姦しながら、怜が当然のように智章の股間を握ったのを憶えている。怜の放埒に、智章も果実を昂らせてしまったのだ。

――わーっ……もう、なんであんなことしちゃったんだよ！

恥ずかしすぎて、全部なかったことにしてしまいたい。それなのに、怜は平気な顔だ。

「真っ赤になっちゃって……智、可愛い。そんなに恥ずかしかった？」

「は、恥ずかしいに決まっているだろ、馬鹿……んっ……んぅ！」

運転手が前にいるのに、おかまいなしに唇を塞いでくる。

なんとか引き剝がし、「やめろ！」と怒鳴る智章に、怜はやはり涼しい顔だ。

「大丈夫だよ、智。わたしが恋人を連れていくって、彼も知っているから」

「な、な、な……っ」

もう智章は言葉も出ない。怜がオープンな奴だとはわかっていが、こんなのはひどすぎる。

そんなこんなでイーストン家の邸宅に到着し、智章はぼろぼろの心境で、怜の両親に紹介された。

「——智が承知してくれました。父さん、母さん、わたしたちは結婚します！」

「わお！」

声を出したのは、怜の両親ではない。ちょうど夕食の頃で、邸宅には両親ばかりでなく怜の弟妹も二人を出迎えてくれていた。

口笛と一緒に声を上げたのは、怜の二人目の弟、仁だ。面白そうに、目を輝かしている。

一方、あんぐりと口を開けたのは、すぐ下の弟、謙だ。赤ん坊だった彼しか知らなかったが、今は二十三歳になった謙は智章よりもはるかに立派な体格で、怜の弟らしく堂々としていた。

彼は動揺した様子で、兄を問いただす。

「に、兄さん、本気でその人と結婚する気ですか⁉　男ですよ、その人は！」

「もちろん、正式な結婚は法律的に無理だが、彼がわたしの伴侶だよ、謙。可愛いだろう、智は」

そう言って、怜は智章の肩を抱く。智章は完全に固まっていた。

——な、な、な、なにしてるんだ……な、な、なにやってるんだ、怜……！

あまりの超展開に、もはや自分がどう対応していいのか、限界を振りきっている。両親への紹介だけでもありえないのに、弟妹にまで結婚相手だと紹介するなんて、怜の頭はどうなっているのだ。

一方、あらあらと片眉を上げているのは、妹らしき女の子のうちの一人だ。

しかし、口を開いたのは、それとは別の女の子だった。

「……兄さんって、面食いじゃなかったっけ？　今度の恋人はずいぶんちんくしゃなんだ」

胸に直球で突き刺さる台詞《セリフ》だ。

——や……そりゃたしかに、オレは十人並みだけどさ……。

しかも、それを言ったのはとんでもない美少女だ。一人だけ金髪なのは染めているからなのかもしれないが、よく似合っている。腿の付け根ギリギリの長さしかないミニスカートから伸びた脚はスラリとして、眩しいほどに健康的な美少女だった。

それに反論したのは、彼女とは対照的な、亜麻色の髪を三つ編みにした、眼鏡の真面目そうな少女だ。兄の宣言に、呆れたように片眉を上げた女の子だった。彼女が、美少女を軽く窘める。

「恋人じゃなくて、結婚相手よ。結婚する伴侶に尻軽《しりがる》を選ばないのは、当然の判断でしょ。顔しか見ていないから、あんたはいっつも下種《げす》な男ばっかり摑むのよ」

「下種ですって!!　ちょっと、サイラスは下種な男じゃないわよ。男らしくって、やさしくって、おまけにうちのアメフトのスターなんだから！」

そう反論した美少女に、三つ編みの少女が軽く肩を竦める。

「ああ、またもや筋肉バカってことね。脳みその軽いチアリーダーにはお似合いじゃない」

「自分が頭でっかち《ナード》でもてないからって、ひがまないでちょうだい。いいかげん眼鏡なんてやめて、コンタクトにしたら？　わたしと同じ顔なんだから、わざとブスにするのはやめてよ」

「おお、可哀想な沙羅。もてるのは、その顔と身体のおかげだって自分でもわかってるのね。わたしからも、あなたと同じ言葉をお返しするわ。一卵性双生児なんだから、DNAデータは同じでしょ？　わたしと同じ程度には頭も使えるはずなんだから、もっと賢く男を選びなさい。今のまんまじゃ、またヤリ捨てられるわよ」

「杏〜っ」

「あなたたち、いいかげんにしなさい！　智章くんが驚いているでしょう？」

双子のやりとりを、大人の女性の声が止めた。怜の母親だ。怖い顔をして二人を戒め、一転して智章に笑顔を向ける。

「智章くん、憶えているかしら。久しぶりね。本当に大きくなって」

そう母親が言えば、父親のほうも両手を広げて智章を歓迎する。

「よく来てくれたね、智章くん。怜が無茶をしたんじゃないか？　もし文句があるようなら、遠慮なくわたしに言ってくれていいからね。まったく、強引な息子だから」

そう言って、ははははと笑う。いや、『ははは』というより、『ＨＡＨＡＨＡ』というニュアンスか。

この中で、完全な非アジア系は彼一人だった。しかし、その彼も実に流暢に日本語を操る。

智章はただただ口をあんぐりと開けるばかりだ。怜の背中を押したのは両親だと知っていたけれど、こんなに歓迎するなんてありなのか。男同士なのに。

そんな智章の様子に、金髪の美少女のほうが首を傾げる。

「どうしたの？　日本人の恋人だから日本語で出迎えろ、って言われてそうしたけど、わたしの日本語、おかしかった？」

「馬鹿ね。あんたの日本語が通じないんなら、父さんたちの日本語だって通じていないことになるじゃない。それなら、日本語はネイティブの母さんからクレームが入るでしょ？」

女の子のせいか、実にかしましい。しかし、やりとりは容赦ないが、根底では狎《な》れた空気が感じ取られる。姉妹仲は、口ほどには悪くないのだろう。一人母親が苦笑していた。

「驚いているのよね、智章くんは」

「驚く？　……ああ、そうか！」

父親がポンと拳で手を打った。またＨＡＨＡＨＡと笑う。

「智章くん、わたしたちは怜が純愛を成就させたのが嬉しくてならないんだ。君とは結婚できないと考えていた時の怜の生活は本当にひどくて、男も女もとっかえひっかえで……まったく」

そう言うと、アメリカ人らしい大仰な仕草で額を押さえ、首を振る。

と、まだ固まったままだった智章の手を、怜の母親がそっと握ってきた。

「あ、あの……」

なにか言おうと口ごもる智章に、母親がしみじみとした様子で言う。

「わたしたちもね、まさか怜が幼児の頃のあの約束を本気にしていたなんて、思ってもいなかったの。だから、乱れた生活に眉をひそめていたのよ。それでこの子に結婚を勧めたら、あなたの名前を出してきてね。驚いたわ。ずっとあなたが好きだったなんて」

「そうなんだ。父の……いや、この子には祖父になるが、その教育のせいもあって、後継者の自分には智章くんとの結婚は許されないと思いつめていたらしくてね。一番好きな相手を諦めるのだから、多少遊ぶくらい、いいではないかと言われてね」

小さく息をついて、父親が怜を見やる。やさしい、父親らしいいたわりの眼差しだった。

しかし、やはり怜の父親だ。智章の目からはどうも調子が狂っている。

「だが、どうしてわたしが、息子の純愛を認めずにいられるだろう！」

オペラ歌手のように両手を広げ、天井を仰ぐ。それからガシッと、智章と怜の肩を摑んできた。

「わたしは、直美《妻》との愛を貫いた男だよ！　息子にそれほど想う相手がいて、政略結婚を勧めるようなことをするわけがない。そうだろう？」

「ええ、今はわかりますよ、父さん。勝手に誤解していて、申し訳ありませんでした」

大人しく謝罪した怜に、父親は大きく頷く。

――なに、これ……いい話なの……？

智章はただただ唖然とするしかない。ふと周囲を見やると、双子の美少女のほうが感激の面持ちで怜と智章に目を輝かせていた。『純愛』の事情を初めて知って、少女らしく感動しているようだった。

もう一人の三つ編み少女は、皮肉げな微笑を浮かべているが、智章を拒絶してはいない。

ひと声驚きの声を上げたきりの三男、仁は父と兄のやりとりを面白そうに眺めていた。そして、その目にはやはり嫌悪の色はない。

渋い顔をしているのは、次男の謙のみだ。ただしそれも、あくまでも心配の色のほうが濃く、必ずしも智章を拒もうとする様子ではなかった。

怜の両親は言わずもがなの大歓迎だ。

――なんか……予想と全然違う……。

怜は孤独なのかと思っていたが、ちゃんと家族と交流が持てているように思える。

そう思いながら、隣の怜の様子を窺って、智章はドキリとした。

怜はにこやかな笑みを浮かべている。非の打ち所のない、穏やかな微笑だ。

しかし、家族としてのあけっぴろげな喜びを見せる両親たちと違って、その笑みにはどこか一枚膜を隔てたような違和感がある。まるで、この場面ではそういう顔をするのが相応しいからそうしているような……。思わず、智章は怜の肩に触れた。

「怜……」

怜の視線が智章へと落ち、とたんにさっきまであったなんとはなしのよそよそしさが消え失せる。嬉しそうな満面の笑みが、代わって現れた。

「これで、智も逃げられないよね？」

「……って、だからアメリカに着くなり、ここに連れてきたのかよ」

嬉しそうな怜に、智章もいつもの調子を取り戻す。憮然として文句を言うと、その文句すらも幸せなようで、怜はニコニコと智章を——智章だけを見つめた。

「だって、五歳の時からずっと……智と結婚するって決めていたんだよ？」

そうして大切なもののようにそっと、智章を抱きしめる。智章は赤くなりながらも、その腕を拒めなかった。本当に、自分だけを怜が求めていたと知ったから。

智章を抱きしめながら、怜は父親へとわずかに顔を向ける。

「父さん、許してくれて、ありがとう。父さんの許しがなかったら、行動できなかった」

「いや……いや、やっと父親らしいことができて、よかった。智章くんと幸せになりなさい、怜」

父親が目頭を押さえる。長男のみを祖父に連れていかれ、そのことを悔やみ続けていたのが窺えた。母親も嬉しそうに微笑んでいる。

亀裂はすぐには埋まらないだろうが、自分とともに過ごすことで、怜と家族との距離も縮まるといいと、智章は思った。そうしたらもっと、怜も幸せになれる。

怜の家族からの温かな祝福に包まれて、智章も怜をそっと抱きしめた。

§第七章

イーストン家の邸宅に一泊し、翌日から智章は、怜のマンハッタンにあるペントハウスに移った。

双子の美少女、沙羅のほうは、最初に容姿をけなしたわりには智章に懐き、三つ編み少女、杏もポイントポイントでつっ込みを入れながらも、沙羅が聞き出す智章のあれこれに耳をそばだてる。要するに二人とも、長兄の結婚相手（男）に興味津々なのだった。

三男の仁のほうはまだ十九歳の大学生のためか、紹介がすめば早々に、大学のほうに戻りたがる。

「学部の仲間と、手製の飛行機を作ってるんだよ」

兄の結婚相手（男）よりもまだまだ自分のことのほうが楽しいようで、夕食もそこそこに大学に戻っていった。

一方、次男の謙からは、ひそかに名刺を渡されている。

「申し訳ありませんが、わたしはお二人の関係がいいとは思えません。後継者である責任を、兄はどう考えているのか……」

そう言いながら、なにかあったら連絡するように、とつけ加えてきたことを、智章は思い返す。智章を嫌悪するというよりも、心配症な性格が見て取れて、なんというか日頃の苦労が偲《しの》ばれた。

愛こそすべてな父親と、破天荒な長兄に挟まれて、一人気苦労が多そうだ。気楽な三男とも一線を画し、どうもイーストン家で唯一の常識人のように思える。智章も、謙と同じく次男の立場だが、兄が違うとこうも性格が異なるのか、と他人事ながら謙が不憫《ふびん》だった。

――うちの兄貴はしっかり結婚して、親とも同居してくれているもんなぁ。

それについては、兄嫁にも感謝だ。彼女と母親の相性がバッチリなのは、本当にラッキーだった。おそらく今日も今日とて、二人して共通の趣味についてかしましく語り合っていることだろう。

とはいえ、もしも智章の現状が家族に知られたら、どう反応するかわからない。少なくとも、怜の家族のようにはいかないだろう。

——なんてったって、まさかの男の恋人とニューヨーク……だもんなぁ。

ソファのクッションを抱えて、智章はゴロンと横になった。天井は高く、窓は広々として開放感がある。白を基調にしたリビングは、まるで雑誌のモデルハウスのようにスタイリッシュで、ここに智章がいることが半端なく違和感だ。怜には似合うが、智章には贅沢すぎるというか。

それにしても、怜は多忙な男だった。日によっては早朝から深夜まで、びっしりと予定が詰まっている。怜を呼びに来る秘書のクインシーが時々申し訳なさそうに、あるいは様子を窺うように心配そうにこちらに視線を向けるが、実のところ申し訳ないのは智章のほうだ。

せっかくクインシーが忠告してくれたのに、結局自分は怜を受け入れてしまった。そのことを悔いてはいないが、怜の仕事面にいろいろと迷惑をかけていることは察せられる。

一番大きな面はイーストン家に有利な結婚についてだが、その他にも、智章とできるだけ多く過ごすために、怜がクインシーに無茶ぶりをしているのを知っている。

そして当の智章はといえば、一週間を過ぎてなお、その姿は怜のペントハウスにあった。飛行機の中で、あれほど一週間と約束したのに、未だに智章の帰国は叶わない。

——うぅ……いいかげん戻らせてもらわないと、社会復帰ができなくなるって。

現在の智章は、なんの仕事もしていない。一応、出向扱いで渡米したというのに、怜のペントハウスで、怜の相手をするのが、もっかのところ智章がしている唯一のことだった。

こんな暮らしも、もう半月になる。自宅アパートがどうなっているかも気になるし、会社に戻って自分の席があるのかも心細い。

今夜こそ、もう誤魔化されないぞ、と智章は自分に誓う。この半月、泣き落としやらエッチに持ち込まれるやらで、いいように怜のペースにされていた。いいかげん、なんとかしなくては。

いっそのこと、先に帰国のチケットを取ってしまったほうがいいかもしれない。怜だって、けっこう勝手に智章の予定を決めているのだ。智章だって、自分の好きにしてもいいではないか。

そう思いついた智章は早速、怜から与えられたパソコンで、飛行機のチケット購入方法を検索し始めた。そうして、重大なことに気づかされるのだった。


「ただいま、智!」

いつものように、帰宅した怜が智章を抱擁しようとしてくる。それを智章は、強く押しやった。

「――どういうことだよ、あれ。なんで、オレの口座に二百五十万円も給料が振り込まれてるんだよ!」

昼間のチケット購入で発覚したのが、それであった。チケットを購入するにあたって残高が心配になり、給与振り込みにも使用しているメインのネットバンクの口座を確認してわかったのだ。

智章の怒りに、怜は両手を上げて降参のポーズを取っている。それでいながら返事はとぼけていた。

「だって、智。出向している間の給与は、わたしのほうで支払うことになっていたからね。それで、智の給与がどれくらいか調べたんだ。そうしたら、二十五万円前後だとわかって、それではあまりに少なすぎるだろう？　だが、多くても智がまた怒ると思ったから、十倍程度に抑えたんだよ？　あ！　もしかして少なかった？　そうだよね。二百五十万円じゃ、あまりに少額だものな。すぐに増やすよ。そうだな……一億、いや智はパートナーなのだから、わたしの収入の半分を得る権利がある。わたしの収入が年間およそ百億円程度だから、その半分として五十億。それを月で割って……うん、およそ月四億円だな。すぐに振り込もう」

そう言うと、スーツの内ポケットから携帯端末を取り出す。クインシーへと連絡を取ろうとするのを、智章は半ば呆然と見ていた。四億円だなんて、いったいなにを言っているのだ。あまりに巨大な金額すぎて、頭がついていけない。しかし、クインシーに通話が繋がったところで、我に返った。

「い、いらないって、怜！　給料は二十五万円で充分だから！」

「なにを言っているんだ、智。そんな安月給、智には相応しくない。——ああ、クインシー、今から智の口座に……」

言いかけた怜から、智章は携帯端末を奪った。急いで、クインシーにわめく。

「怜の指示は聞かないでください！　なんでもありませんから！　迷惑をかけて、すみませんっ！」

『は、しかし……』

戸惑うクインシーに謝り、智章は通話を切った。怜が眉をひそめている。なんというか、本当に無茶苦茶だ。毎日ただ遊んでいるだけの智に二百五十万円はおろか、四億円の価値なんて断じてない。怜が智章を大切に考えてくれるのはありがたいが、いつものごとくやりすぎだ。

頭の痛い思いでこめかみを押さえながら、智章は怜に口を開いた。

「あのな、二十五万円だって、今みたいな生活ならもらいすぎなんだ。四億なんて、勘弁してくれ」

「どうして？　智はわたしのパートナーだろう。たしかに、法律的に君と婚姻関係を結ぶことはできない。だが、だからこそ、法律以外のすべてで、わたしは君の愛情に報いたい。四億がダメなら、せめて今の金額は受け取ってほしい」

智章の両手を取り、怜が切々と訴えてくる。

怜の気持ちは嬉しい。真っ直ぐな愛情はくすぐったいが、そこまで愛されて幸せでもあった。

けれど、それとこれとは違う。意を強くして、智章は怜に自分の考えを伝えた。

「おまえの気持ちは嬉しいよ。でもさ、オレ、ここでなにもしてないだろ？　出向とは言っても名ばかりで、実際には働いてもいないのに、給料なんて受け取れるわけないじゃないか。——オレさ、明後日、日本に帰るよ。そのためにチケットを取ったんだ。まあ、それで給与振り込みに気づいたわけだけど……。とにかくさ、一度日本に帰って仕事のこととか、ちゃんとしたい。いいだろう？」

「チケットを取ったって……」

ひどく険しく、怜の眉間に皺が刻まれた。不愉快そうに、眼差しが鋭くなっている。少し怖い。

だが、智章は怯《ひる》む心を励まして、自分の気持ちへの理解を求めた。

「なにも、これで別れるわけじゃない。ただ、おまえにも仕事があるように、オレにだって、小さいとはいえ仕事がある。おまえに甘えて暮らすのは、やっぱり違うだろう？」

「……いいじゃないか。智は働く必要などない。ここで、わたしの妻でいればいい」

「妻って……」

智章に自嘲めいた苦笑が浮かぶ。自分が抱かれる側とはいえ、あんまりな言い方だった。

しかも、『妻』と言いながら、家事の負担もない。通いのメイドがすべてやってくれるからだ。

だが、女性であれば『妻』だと納得できるかもしれないが、智章は男だった。男の身でこの立場は、妻というよりも愛人というのが相応しい。あくまでも感覚的なものだったが、やりきれなかった。

そんな智章の内心に気づかぬ様子で、怜が強く智章の両肩を摑む。顔を覗き込んで、甘えるように言ってきた。

「妻だろう？　智はわたしのプロポーズを受けてくれたじゃないか」

「そりゃそうだけど……ちょっ、んん！」

唇を塞がれ、智章は押しやろうと怜の肩を押した。だが、なんとしても離れまいとする怜に、強引に唇を割られ、情熱的なキスに引き込まれていく。

「やめ……んっ……ん、ふ」

「智、愛しているんだ……ん」

何度も愛を囁かれ、口づけられる。またこうやってなし崩しにする気かと、智章は腹が立った。

「やめろ……って！」

何度目かのキスで、ようやく怜を振り解く。今日は絶対に絆されるものか。

「エッチで誤魔化そうとするな。オレは……オレは、おまえの愛人じゃない！」

「智、なにを言っている。まさか……そんなふうに、自分のことを思っていたのか」

怜が呆然と呟いた。

智章は怜を睨む。悲しいほどに常識がずれていて、二人の関係において弱者にならざるをえない自分が情けなかった。この情けなさを、どう言ったら怜に理解してもらえるだろうか。

「思ってるもなにも、常識外れの金をもらっておまえと寝ているなんて、愛人そのものだろう！　オレは働きたいんだ。おまえから見ればつまらない仕事だろうが、ちゃんと自分で自分を養いたいんだ。抱かれる側だけど、オレは男なんだよ、怜！」

必死の訴えに、怜は黙り込んだ。複雑な目の色をして智章を見、そして、ため息とともに俯《うつむ》いた。

「……そうだった。智はそういう男だったな。側にいてくれるのが嬉しくて、つい失念していた。他の連中とは違う。智だけは、いつだって自分の足で立ちたがるんだ」

わかってくれたのだろうか。智章は、俯く怜の手をそっと取った。悄然とした顔を覗き込む。

「おまえと離れたいわけじゃないよ。それは誤解しないでくれ」

「……わかる。だけど、離れて暮らすのは耐えられない」

呻くように言って、怜が智章の肩に額を押し当ててきた。

「日本とアメリカじゃあ遠すぎる。毎日智の顔を見て、毎日智と愛を交わせないなんて、拷問だ」

「それは……」

恋人と、海を隔てて離れ離れだなんて、智章だって嬉しくない。嬉しくないが、今の状態では智章がどうかしてしまう。

「オレだって、怜の側にいたいよ。でも……」

と言いかけた時だった。怜がいきなり顔を上げる。

「いればいい。わたしのために、アメリカにいてくれ。どうしても働きたいのなら、わたしが英語を教えるから。話せるようになったら、ここでも働けるだろう？　今の会社は辞めることになるが、でも……わたしは智にここにいてほしい。毎日愛し合えなくなるなんて、いやだ。愛しているんだ、智」

「怜……ぁ」

今度はやさしくキスされた。唇を触れ合わせるだけの、やさしいキスだった。

智章は迷う。自分に英語が覚えられるのか、自信がなかった。

だが、いろいろと考え合わせれば、遠距離恋愛がいやならば、智章のほうがアメリカに移住するしかない。怜には、イーストン財団の後継者としての責任があった。智章とのことを、怜の両親は快く受け入れてくれたが、出来のいい息子が後継者の立場を捨てることは、さすがに許さないだろう。ことは家庭内だけの話ではない。財団の将来、それに伴って多くの社員の人生がかかっているのだ。

――腹を括るべきか……。

智章は自問自答した。英語が苦手などと甘えている場合ではないのかもしれない。

「……智、お願いだ」

怜が祈るように、智章に希う。智章は迷いを浮かべて、怜をじっと見つめ返した。

「レッスンは……ちゃんと教師をつけてほしい」

「わたしじゃ不足か？」

「そうじゃなくて。迷惑だし……それに、やるならちゃんと毎日勉強したい。早く覚えたいから」

「わかった。きちんと教師をつけて、一日も早く英語を話せるようにサポートする。他には？」

「振り込まれた二百五十万円は返すから、受け取ってくれ。もらう理由はない」

「……わかった。それから？」

「おまえからは金は受け取らない。働けるようになったら、その給料がオレの金だ」

「智、それでは結婚しているとは言えない。互いの収入は、互いのものだ」

とうとうたまりかねたように、怜が訴えてくる。智はそれを宥めるために、苦笑した。

「だから、英語のレッスン代はおまえの世話になるって。それに、ものになるまでの衣食住だって、おまえに養ってもらう。給料をもらうようになったら、オレも生活費を入れるけど、まあ、気休めだな。ほとんどはおまえの収入でやるんだから、オレの心の平和のためだと思って、受け取ってくれ」

「智、君は本当に……」

そう言ったきり、怜は黙り込む。なんとも言えない表情で智章を見つめ、最後に諦めたようにため息をついた。

「……わかった。こんなに謙虚な恋人は初めてだよ、智」

「恋人だったのか、それは。オレにはハイエナに見えるけど」

折れてくれた恋人に、智章はやさしく含み笑った。怜も目を合わせて、小さく笑った。

「そうだった。あいつらは、金に群がるハイエナだ。智、愛してる」

「うん、オレもだよ、怜………ん」

キスをして、今度は智章からも怜に舌を絡めていく。やっと思いが伝えられた。そしてわかってもらえた。安堵《あんど》と嬉しさから、幸せなキスになる。

しかし、それから二日後、空港に行って、智章は唖然とさせられる。

「いつの間にファーストクラス……」

エコノミーのはずのチケットはファーストクラスに振り替えられていて、怜の仕業だと智章はため息を押し殺す。

——いくら怜の金は二人の金だって言ってもさ……。

この感覚の違いだけは、もうどうしようもないのかもしれない。

思い出してみれば、怜は自分の年収を百億とか言っていた。あの時は、自分の思いをわかってもらうことに必死で、怜の収入のすごさが頭に入ってこなかったが、改めて考えると、百億円の年収はすごすぎる。そんな人の『妻』とすると、ファーストクラスで移動するのは、ごく当然……かもしれない。

——妻……妻かぁ……。

複雑な気分で、智章は手続きをすます。

そうして日本に一時帰国し、アメリカに移るための種々の手続きに奔走した。さすがに両親たちには、怜のようにすべてを公表することはできなかったが、ただ幼稚園時代の怜との親交が復活し、彼の助けでアメリカに拠点を移すことだけは伝えた。

それから、会社にも正式に退職届を出した。ずいぶん引き留められたが、今後の自分は吉木物産の社員として働けない以上、けじめをつける必要があった。

すべてに始末をつけて、智章は新たな気分でアメリカに戻った。いよいよ腹を据《す》えて、アメリカで生きるのだ。英語のレッスンが不安で不安で仕方がなかったが……。

しかし、愛人でいたくないと自ら望んだことだ。できないなどと弱音を吐いたら、怜に……いや、怜は智章を馬鹿にはしないか。むしろ自宅に置いたままにできる、と喜ぶかもしれない。

——う~ん……あいつホントに、ダメだよなぁ。

金があるから相手に多くを望まないのか。それとも、元々恋人をデロデロに甘やかすタイプなのか。とにかく、智章がしっかりしなくては、どこまでも自堕落《じだらく》になれる相手だ。

智章は、決意も新たに怜のもとに戻った。

§第八章

半年後、簡単な日常会話ならなんとかこなせる程度まで、智章の英会話は上達した。

しかし、学べば学ぶほど絶望的な気分になる。半年でやっと日常会話では、仕事に使えるレベルになるのに、あとどれくらい時間が必要なのか。いつになったら働けるようになるか、不安だ。

マンハッタンの高級ペントハウスのリビングで、智章はクッションを抱えてため息をついた。身に着けているものは智章にはよくわからない高級ブランド品、髪も肌も爪も、怜に連れていかれたサロンで日々磨かれ、半年前からは考えられないほど洗練された外見になってきている。

男でも爪を磨くことがあるのだと、智章はここで初めて知った。髪も、無造作で心持ちパサついていたのが、今ではしっとりサラサラだ。着ているものが高級品のせいか、全身を鏡に映すと、以前よりも格段に落ち着いた佇《たたず》まいに見えたりする。馬子《まご》にも衣装というが、智章にも当てはまるらしい。

もちろん毎日の食事も一級品だ。高級食材を使った美食の日々でありながら、体重が少しも増えた様子がないのは、綿密にカロリー計算がされているためだろうか。

——あと、一応ジムにも通ってるし。

無職で、英会話のレッスンくらいしかやっていない毎日に身体が鈍るのを感じた智章が軽いジョギングを始めたのを怜が知ると、即座に中止させられて、代わりに会員制の高級ジムに連れていかれた。

一人でジョギングなんて危険だ、などと怜は言うが、少々過保護な気がしないでもない。

たしかにアメリカは、日本と比べると治安が悪い程度のことは知っているが、怜の不在中ちょっと近所のデリに行ったり、書店や雑貨店などに行った感触では、それほど危険を感じなかった。

住んでいる場所が高級住宅街のせいだろうか。

智章はクッションを抱えたまま、ソファに寝転がった。高い天井を見上げて、「あ〜あ」とまたため息をつく。それにしても暇である。といって、英会話の自主レッスンをする気にもなれない。

智章の毎日は、英会話のレッスン、エステ、ジム、気晴らしの買い物。そしてまたエステ、サロン、それから怜とのセックスで過ぎていた。しかし、そのセックスである。

「……最近、怜の奴、忙しいのかなぁ」

一緒に暮らし始めた最初のうちこそ毎晩のように求められたが、半年が経ったこの頃では十日に一、二度抱かれるのがせいぜいだった。

いや、別にどうしても怜に抱かれたいわけではない、と智章は誰にともなく慌てて言い訳をする。けれど、毎晩エロエロしく求められていたのが少しずつ落ち着いた回数になり、それでホッとしていたら、気がつくと「あれ？」というほど抱き合う回数が減ると、さすがに鈍い智章でも気にはなる。とうとう智章に飽きてしまったのか。それとも、智章と行為に及ぶ余裕がないほど疲れているのか。

怜の帰宅は深夜を過ぎることもよくあり、智章としては少々、身体が心配でもあった。

こういう時、助けになれない自分の能力のなさが情けない。せめて、怜の秘書になれるくらいの有能さがあれば、もっといろいろと支援することができるのに、今の智章ではそれが叶わない。英会話ひとつで、こんなにも停滞してしまっているのだから、秘書になんて夢のまた夢だ。

「――あー、ダメだ。こんな後ろ向きなことばっかり考えていたら、鬱《うつ》になる。もっと前向きな方向でいかないと」

勢いよく、智章は起き上がる。怜との触れ合いが減ったからといって、気分まで落ち込ませても仕方がない。第一、それで鬱的なものになったとしたら、役に立つどころかますます足手まといになってしまう。怜との能力値に差があるのは、最初からわかっていたことだ。であればこそ、智章は智章にできることを頑張るしかないと、最初から割りきってきたはずだ。

「まずは……やっぱり自立だな。怜におんぶに抱っこじゃなくて、働かないと」

しかし、現状では英語力の問題で、働くレベルにない。

とはいえ、ただ毎日通いの教師からレッスンを受けるだけでは、モチベーションが上がりにくい。

「実践だな」

大きく、智章は頷いた。日常会話ならなんとなくできるのだ。前職のような仕事は無理としても、アルバイト的なことはどうだろうか。たとえば、バーガーショップとかカフェの店員的な感じの。

なかなかの名案に、智章には思えた。小さな一歩だが、アメリカで生きていくための最初の一歩だ。

とはいえ、勝手に自力でアルバイト先を見つけようとしたら、ジョギングの時と同じで怜を困らせるだろう。アルバイトくらいなら大丈夫な気もするが、忙しい怜に余計な心配をかけたくない。

「怜が帰ってきたら、頼んでみるか」

世話になるのは申し訳ないが、そうするのが結局は迷惑をかけないやり方だと、智章は判断する。

今夜にでも頼もうと、怜の帰宅を待った。


「遅い……」

すでに時刻は深夜の二時近い。それなのに、まだ怜は帰宅しなかった。

こんな調子なのに、朝はいつも七時半には自宅を出るのだ。しかも、そんな日々が一週間やそこら続いたところで、いささかも怜は疲労した様子を見せない。まったくタフな男だった。

自分とは体力が違う、と智章はソファにもたれて、ため息をついた。せめてヒアリングの訓練くらいはしようと、テレビを点けかける。

と、玄関から小さな音が聞こえた気がした。怜が帰ってきたのだろうか。

ソファから立ち上がり、智章は足早に玄関へと向かった。廊下のドアを開けると、今度ははっきりと人の気配が聞き取れる。

やっと帰ってきた、と智章は廊下を進んできた怜に駆け寄った。まだ起きていた智章に、怜が軽く驚き顔で目を瞠る。

「どうしたんだ、智」

「おかえり。遅かったな、怜。待ちくたびれたよ」

そう言って、智章は恥ずかしい習慣になったキスを怜に送ろうとする。その鼻先にフッと、爽やかな石鹸の匂いが香った。

思わず、智章は軽く首を傾げる。どうして、帰宅したばかりの怜から石鹸の香りがしたのだろう。

「怜、この匂い……石鹸……？」

戸惑いながら呟いた智章に、怜が可笑しそうに破顔した。

「ああ、シャワーを浴びてきたんだ。今夜はホテルの部屋を借りて、非公式なディナー形式での商談だったからね。終わったのが遅かったし、帰宅したらすぐ休めるように、ついでにシャワーを使ってきた。それとも、やっぱり帰ってからシャワーのほうがよかった？　智章は綺麗好きだから」

「いや、綺麗好きってわけじゃないけど……」

　ただ習慣として、身体を綺麗にしてから寝るようになっているだけだ。それを尊重して、アメリカ育ちの怜は、夜ではなく朝にシャワーを浴びる派だったが、夜に入浴してくれるようになっていた。

　しかし、ついでにシャワーを浴びて帰ってくるなんて、合理的というかなんというか。

「なんか、気を遣わせて悪いな」

「いいや。愛する智のためなのだから、少しも悪くない。キスしてもいいか？」

　やさしくねだられ、智章は承諾の印に顔を上げて目を閉じた。チュッ、とキスが下りてくる。

「……ん、ふ」

　すぐに口中に舌が忍び込み、おかえりのキスは深いそれに変わる。甘く絡まる舌にだんだん立っていられなくなり、智章は怜の背にしがみついて身体を支えた。

「怜……ダメ、だ……こんな……」

「どうして？」

　キスの合間に智章が訴えると、怜が楽しそうに含み笑ってくる。軽く唇を啄みながら、智章の股間を太腿で撫でてきた。

「……ゃ」

「キスだけで勃っちゃった？　そういえば、もう一週間もしてないものな、ふふ」

　怜の言うとおり、しばらく触れられていなかった身体はキスだけで呆気なく火が灯り、昂ってしまう。

　居たたまれない思いにさせられ、智章はまたキスをしようとする怜の頬を押しやり、身を離そうとした。しかし、怜は離さず、逆に智章を廊下の壁に追いつめてしまう。

「わたしの帰りを待っていてくれたのだろう？　わたしも……したい」

やさしく、怜の股間が腰に押し当てられた。智章と同じく、怜のそこも熱く昂り始めていた。

「ダメ……だって。そうじゃなくてオレ、話が……あ……んん、っ」

強引に顎を捉えられ、唇を塞がれる。二度目のキスは奪うような激しさで、智章の理性ごと蕩かされてしまう。肝心の話を持ち出す前に、智章は怜に寝室へと連れ込まれるのだった。


「あっ……あぁ――っ！」

身体の深い部分で、智章は怜の二度目の放埒を受け止めた。智章自身も、もう何度目かわからない絶頂で戦慄《わなな》き、体内の怜を締めつけながら、達する。束の間の硬直、そして弛緩する。

「……はぁ……はぁ……はぁ……はぁ」

荒い息遣いが、寝室に満ちた。久しぶりの行為だった。こんなことをするつもりではなかったとはいえ、深い充足感がある。

「智……すごくよかった」

頬に、額に、唇にキスの雨を降らせながら、怜がうっとりと囁く。青みがかったブラウンの眼差しが蕩けるようで、智章も恥ずかしい言葉を返してしまう。

「……オレも、よかった」

「いっぱいイッたものな、智も」

嬉しそうに含み笑いながら、怜が言う。

智章は真っ赤になった。たしかに怜の言うとおりだが、言葉に出されたら恥ずかしすぎる。

「言うな、馬鹿！」

「だって、本当のことだろう？　あ、そうだった。智は『言わぬが花』の人だったな。ごめんね、恥ずかしいことばかり言ってしまって」

「だから……もう言うなってば」

言えば言うほど、羞恥が募る。智章は真っ赤になって顔を両手で覆った。怜との行為に慣れてはきたが、こういうやりとりはやっぱり無理だ。どうしてこう、なんでも言葉にしたがるのだ。

ゆっくりと、怜が後孔から自身を引き抜き、大きく息をついて隣に寝転がる。

「んっ……。やっぱり智とするのはいいな。すごく興奮する」

「馬鹿……だから、言うなってば」

恥ずかしすぎる。

しかし、怜はどこ吹く風だ。腕を枕に顔を起こし、ぐったりと横たわったままの智章を眺めた。

「本当のことだ。滑らかで手触りのいい肌、綺麗な鎖骨、可愛い乳首、最近ちょっと筋肉がついてきた腹、しなやかな脚、それから、同じ男のモノなのにすごくそそるピンクのペニス。全部、最高だ」

「ちょ……やめろって」

身体のひとつひとつを褒めていた怜が起き上がり、智章の脚をいやらしく広げてきた。チュッ、と萎えた性器にキスをする。

智章は慌てた。ちらりと枕元の時計を見ると、時刻はもう三時を過ぎている。怜の睡眠時間がなくなる。

「れ、怜っ、明日も早いんだろう？　もう寝よう」

「寝る前に、温かいミルクが欲しいな」

「温かいミルクって……あっ」

パクリと、性器を口に含まれて、智章の熱が鈍く上がりだす。一気に上がらないのは、もう何度もイかされたせいだ。この調子では、怜が望むだけのミルクが出せるかどうか。

――いやいや、そういうことじゃなくて！

ねっとりとした口淫に蕩けかけ、智章はハッと自分を取り戻す。出せるかどうかの問題ではない。

「だから……ダメだってば、怜……んっ……明日だって六時には……ぁ、起きるんだろ」

「智を味わったら、休むよ。……ふふ、可愛いなぁ。久しぶりのセックスなのに、もうこんなに弱々しくなって。こうしたら……もっといやらしく勃起するかな？」

そう言うと、いったん口から性器を抜き、今度は横からじっくりとしゃぶりだす。そうしながら、やさしく陰嚢を揉みしだき、ついでにそこから後孔に続く弱い部分を指で辿《たど》った。なぜだかわからないが、ペニスから後孔へと繋がる肌はひどく過敏で、撫でられるとゾワリと肌が粟立《あわだ》つ。

「……や、め……っ」

ビクン、と性器に電流が走った。

「……まいったな。もう一回、したくなってきてしまった」

怜が低く呟く。智章は慌てた。またスルだなんて、無茶だ。怜の休む時間がなくなってしまう。

――そうだ……オレ、なんのために怜を待っていたんだっけ。

思考まで蕩けそうになるのを必死で食い止め、智章は思い出す。そうだった。怜にアルバイトの世話をしてもらうために、起きていたのだ。智章は懸命に口を開いた。

「れ、怜……そうじゃなくて……オレ、頼みがあって……あっ」

陰嚢を揉んでいた指が離れ、後孔に爪先が引っかけられる。二回嵌められて柔らかく綻んだままの花襞を、やさしく広げられた。トロリ、と中に放たれた怜の樹液が滴り落ちてくる。

「頼みって、なに？」

そんなことをしながらシレッと、怜が訊いてくる。広げた花襞に、指がヌルと挿入ってきた。

「んっ……ゃ……こんなことせずに……話を聞け……ってば……あ、あぁ」

「困ったな。ミルクも飲みたいが、智の中にも挿入りたいし……う〜ん」

グチュグチュと、孔の中で指を行き来させながら、怜が呟く。このままでは本当に、もう一度怜に抱かれそうだ。身じろぎ、智章はなんとか怜の肩に足をついた。離れろと、押しやろうとする。

「だから、やめろってば……オレはおまえに頼みが……あぅ」

智章から力を奪おうと、怜が性器を舌全体を使って舐め上げてくる。とたんに、智章の脚から力が抜けた。その隙をついて足首を取られ、胸につくほどに押し広げられる。

「やっぱり、ミルクは寝る前に飲みたいから、先に智の中にわたしを挿れるよ」

そう言うと、智章に触れているだけで復活した様子のペニスを、ゆっくりと後孔に咥えさせてきた。

「い……やだぁ……っ、あ、あ……あ、んぅ……っ」

「で、頼みって？」

智章の拒絶を無視して挿入しながら、怜が平然と訊いてくる。智章はひくひくと喘ぎ、腰を揺らして震えた。もう充分抱かれたと思っていたのに、再びの挿入に性器が腹につくほど反応してしまっている。侵入する雄をじんわりと肉襞が食い締めるごとに、智章の身体も熱くなった。

だが、である。抱かれるために、怜を待っていたわけではない。智章は必死に理性をかき集めた。

「アル……バイト……」

「アルバイト？　……ん、全部挿入った。智の中、ビクビクして、すごく気持ちいい」

満足気に、怜が深く息をつく。

智章は涙目だ。余裕たっぷりの怜が憎らしくなる。智章はこんなにグズグズなのに……。

「英会話……少し、できるようになってきたから……んっ……アルバイト、したい……あ、あ、やめろ……っ」

それでもなんとか訴えたが、怜が平気で腰を動かし始める。引いて、また挿れて、ねっとりと纏わりつく粘膜を楽しむように小刻みに抉って、智章を味わう。そうしながら、悠然と話を続けてきた。

「そう、アルバイトがしたいんだ。智は真面目だな」

「んっ……んっ……だって、いずれは働き……あぁっ！」

肉奥のしこりのようになった部分を強く抉られ、智章は高く声を上げた。今にも前方の果実から蜜が放たれそうになる。

しかし、白蜜が放たれることはなかった。楽しそうに微笑んだ怜が、果実の根元を縛めたからだ。

「やっ……怜！」

「イきたい、智？　でも、ダメだよ。ここでイッたら、智がもう一度勃起するのは難しいだろう？　そうしたら、寝る前のミルクを飲めなくなってしまう。——それより、アルバイトのことだけどね、智。ここのところ、放っておくことが多かったから、考えすぎちゃった？　智の悪い癖だよ」

そう言いながら、智章の弱い部分を集中的にペニスの先端で抉り上げる。それでいてしっかりと、智章の果実の根元は縛め続けるのだからたまらない。智章は悲鳴を上げた。

「ひっ……やめ……やっ……あっ、あっ、あっ……いやだぁぁ……っ！」

「悪いだなんて思わなくていい。わたしの恋人は、アルバイトなんてする必要はないんだよ、ね？」

「やっ……ひぅ、っ！」

意地悪く弱みを突かれながら、上体を倒した怜に胸を舐められた。ツンと張りつめ、敏感になった乳首を押し潰すようにされ、智章から裏返った嬌声が上がる。

違う。申し訳ないからアルバイトがしたいのではない。そう言いたかったが、意味のある言葉をもう放てない。三点から責められる甘い地獄に、ただ鳴いて、喘ぐ。

「いや……や……あぁ、っ」

「でも、わたしに許可を求めたのは、偉かったね。ご褒美に、いっぱい感じさせてあげるよ、智。それで、アルバイトがしたいだなんて意地悪は、もう口にしないでくれよ」

「や……やっ……も、やめ……いやだぁ、っ！」

意地悪なのは怜のほうだ。窘めながら、身体の奥の弱みばかりをペニスでずっと苛め続けている。智章の頭はもう真っ白だった。目は開けているが、視界は快楽に染め上げられてなにも見えない。

イきたい。それなのに、イけない。

「いや……いやぁ……っ」

腰を淫らに震わせ、智章は泣き喘いだ。根元に絡みつく指を必死に引き剝がそうとするが、離れてくれない。それどころか、抵抗しようとしたのを罰するように、乳首を強く吸われた。

「いやぁぁぁ……っ！」

さらに、中を苛めていたペニスが引き抜かれた。けれど、去ってはいかない。猛りきったペニスの先端が、繊細な入り口の襞を突き、太いカリの部分まで咥えさせたかと思うと、ヌルリと抜け出ていく。焦れったい、智章の情動をそそるようなジリジリとした愛撫だった。

「怜……怜……」

挿れてほしくて、智章は啜《すす》り泣くような声で、怜に縋った。下腹で智章を苛めながら、唇では胸を悪戯していた怜が顔を上げる。智章と同じくらい猛った雄をその下肢に持ちながら、涼しい顔だ。

「なに、智？」

「怜……」

挿れてほしいのに、決定的な一言を智章は言えない。ああ、どうしてそんな言葉を口にできよう。と、怜が微笑む。身を起こし、片手で智章の根元を縛めながら、もう片方の手で頬を撫でた。

「ねえ、智。アルバイトがしたいだなんて、もう言わないな？」

その一言が聞きたかったのか。智章の目から涙が零れ落ちた。意地悪をして絶頂を堰《せ》き止めて、そうまでして言わせたかったのがそれだなんて、怜の思考がわからない。

「働き……たいのに……ぁ」

「それは、もっと英語を覚えて、智がわたしの側で働けるようになったらだよ。アルバイトなんて、許せるわけがないだろう？　危険すぎる」

「危険って……そんなの……あっ」

グチュ、と先端の太い部分だけ中に含まされて、智章から声が上がる。ジンジンと襞口が疼いた。

中も、もっと抉られたい。けれど、怜はまたペニスを抜いてしまって、智章を焦れさせる。

「危険だよ。智はわたしのパートナーなんだよ？　セレブリティーの妻なのだと、もっと自覚してほしいな。智にもしものことがあったら、わたしはイーストン財団を傾けてでも智を取るのに」

「そん……な……あ、んっ」

また先端だけ中に含まされて、智章は甘く声を上げて仰け反る。だが、智章を感じさせたのは、直接の刺激が理由ではなかった。

『智にもしものことがあったら、わたしはイーストン財団を傾けてでも智を取る』

とんでもないコングロマリットの総帥となる男が、なによりも智章を選んでくれる。当然のごとくそう言う怜に、智章の心奥が震えた。怜の行動は怜一人のものではないのに……。

その愛情の強さに眩暈がする。

「――智、アルバイトだなんて意地悪、もう言わないと誓ってくれ」

やさしく智章の後孔を苛めながら、あるいは縛めた指の一本で果実をいやらしく撫でながら、怜が囁いてくる。誓えば、きっと深々と智章の中に欲望を嵌めてくれるだろう。存分にイかせてくれるだろう。だが、そんな淫らな脅迫は必要なかった。怜のために――愛情ゆえに、智章は小さく頷いた。

「……しない」

アルバイトをするのはさらに先に進むためなのに、この時の智章は怜からの想いで胸がいっぱいになっていた。愛されている。

もしかしたら自分は、ここしばらく怜との触れ合いが少なすぎて、寂しかったのかもしれない。愛し合うのは心の問題なのに、スキンシップが減れば、やはり寂しい。

「アルバイト……しない、から……」

だから、と智章は怜へと両手を指し伸ばす。抱きしめて、小さく、小さく怜の愛に応えた。

「……………挿れて」

「いい子だ、智。わたしも、智に包まれたい」

その甘い囁きとともに、智章は一気に突き上げられた。

「————……………っ！」

声もなく、智章は全身を仰け反らせた。その挿入を皮切りに、怜が荒々しく智章の身体を使う。激しく突き上げて、思う様貪られた。

「怜……怜……っ」

智章も必死でしがみつく。全身が溶けて、怜とひとつになっていく感覚に陶然となった。

「智、愛している……んっ」

噛みつくように口づけながら、怜の腰が震える。突き上げが忙しなくなり、強く身体を抱きしめられた。そして、身体の深みで、怜が——。

「んっ……んんんぅ——……っ！」

唇と唇を合わせながら、深々と智章を犯した怜が弾けるのを、全身で受け止める。

——深い……イ、く……。

だが、智章はまだ最後を迎えられない。

緩く突き上げながら最後の一滴まで智章の中に放った怜が、智章から身体を離す。すぐさま、ひくつく身体を大きく広げられた。怜にミルクを与えるために、これからイくのだ。

「怜……ぁ、は……やく……んぅ」

「智……いやらしくて、とっても綺麗だ」

「あぁ……っ！」

限界まで反り返った性器が、怜の口腔に呑み込まれた。やさしく、根元を縛めていた指が外される。

「智、いっぱいミルクを出すんだよ」

そう言うと、熱い舌が性器に絡みつき、唇に幹を扱かれた。

「あっ……あぁぁぁぁぁ――――……っっ！」

それだけで、智章はイッた。痙攣しながら、怜の口内に薄くなったミルクを吐き出す。

――怜……あぁ、好きだ……。

想いは言葉にならない。ビクビクと、恋人の口中に蜜を吐き出しながら、智章は意識を手放した。


自失した智章の出した蜜を飲み込みながら、怜は軽く口元を拭って、顔を上げた。

最後の意地悪で、智章はすっかり意識を失くしている。けれど、まだ呼吸が整わなくて、半開きになった唇から忙しなく呼吸を貪っていた。

起きているとまだもう少し年齢相応に見えるのだが、こうやって意識を失くしているとだいぶ幼くなる。半分アメリカ人の血が入っている怜と違って、智章にはアジア人特有の若々しさが濃厚だった。

だから、同年齢だというのにやけに愛しく感じられるのだろうか。

「庇護者の気分にさせられるのは、そのせいかな。本当に……可愛い」

そっと、怜は智章の頬を指先で撫でた。ぐったりと投げ出された肢体は、ひどく無防備だ。

ちらりと時計を見やって、苦笑する。この分では、二時間そこそこの睡眠しか取れそうにない。

だが、睡眠を削っても、智章をこのままにはしておけない。智章は怜よりもずっと繊細だったから、セックスをしたままの身体で放置されれば、またそのことで悩むだろう。少々セックスの回数が減ったくらいで、アルバイトなどと言い出すくらいなのだ。ここは、怜のほうで気遣わねばなるまい。

「金もプレゼントも、おまえは喜ばないものなぁ」

ある意味、最も面倒な恋人ではあるが、智章のそういうところが怜は嫌いではない。面倒だが、胸のどこかが温まる心地がする。

大学時代、イギリス出身の男に招かれて彼の故郷に行った時、前時代的なエアコンや給湯設備に閉口したものだが、手のかかるのが楽しいのだと彼が笑っていたのを怜は思い出す。往々にして、ヨーロッパ出身の連中はそんなことを言って、アメリカ式の便利さにさも自分たちのほうが高尚な人間なのだと言わんばかりの態度を見せたが、今はなんとなくその気持ちがわかるような気がした。

金やプレゼントで簡単に掌の上で転がせる連中も気楽だが、手のかかる智章も自分は嫌いではない。嫌いではないと思うのは、なんとはなしに心地よかった。

「——さて、智、さっぱりしてから寝ような」

完全に意識を失くしている智章にそう話しかけながら、怜はその身体を抱き上げる。同性であるのに智章の身体は少年のように軽く、しなやかさに怜の微笑みも深くなる。

たしかにこれは、睡眠時間を削ってでもやる価値のある仕事だった。

楽しげに微笑みながら、怜は智章を浴室へと運んだ。

月に一度、智章は怜とともにイーストン家の本邸を訪問した。そこで午後を過ごし、夕食を摂ってから帰宅する。いわば顔見せのための訪問なのだが、最近の智章はやや胃が痛い。

怜の家族が智章を冷遇するわけではない。むしろ反対で、いつも温かく歓迎してもらっていた。

あくまでも、智章の心の問題だった。

――オレって、マジでニートには向いてないよな……。

日本でサラリーマンをしていた頃には、ちょっと羨ましいと思う気持ちがあったのだが、いざ遊んで暮らせる境遇になってみると、これがなかなかつらい。だいたいやることがない。いや、英会話のレッスンがあるのだが、四六時中やれるものではない。当然余暇というものがあって、その膨大な時間を智章は持て余していた。ゲームをしたり、ＤＶＤを観たりするのにも限界があるし、読書が趣味というわけでもない。

せめて家事でもやれればもう少しマシだったかもしれないが、家事はメイドの仕事だった。

なにより、智章がこうして遊んでいられるのは、自分の成果ではないというのが大きい。自分で稼いだ金でのんべんだらりと暮らすのならばまだしも、すべて他者の――つまり怜の金で無為に暮らすのは、なかなかつらいものがあった。

結局、アルバイトも怜に止められている。怜の指摘した『セレブのパートナーとしての危険』にはどうもピンとくるものがないが、怜の立場が庶民とは違うことは理解している。そのパートナーである智章も、セレブリティーの一員なのだと言われれば、まあそうなのかもしれない。

――いや、ホント……セレブって柄じゃないけどさ。

心は未だ庶民のままだ。だからこそ、こうしてなにもせずに暮らす日々が神経に応えるし、諸手《もろて》を挙げて迎えてくれる怜の家族に対しても、なけなしの良心が痛む。

役立たずとしか言いようのない智章に、怜の両親も兄弟姉妹もやさしい。

月一回の訪問に、家族がすべて揃うことは稀だ。一番下の弟・仁は大学生で、普段は大学のあるニュージャージーで暮らしているし、妹たちの一人沙羅はしょっちゅうデートで出かけている。

杏のほうはいることが多いが、それでも時々出かけていることがあった。もっとも、沙羅のようなデートではない。沙羅に言わせるとナードで天文オタクの杏は、今は仲間たちとどこかの彗星だか恒星だかの周回軌道計算に夢中らしい。沙羅同様、智章にも理解できない趣味だ。

しかし、そんなふうに杏を揶揄《やゆ》する沙羅も、言うほど成績が悪いわけではないらしい。杏との喧嘩で、沙羅がアイビーリーグの大学を狙えるギリギリのところにはいることを、智章は聞き知っていた。

ちなみに、末弟の仁はプリンストン大学生、次男の謙と怜はハーバード大学ロースクール卒業で、杏はマサチューセッツ工科大学を狙っているらしい。沙羅だって、アイビーリーグのどこかに進路を決めている。出来が悪いといってもそれなのだ。智章から見れば、沙羅ですらもエリートだった。

おそらく、この中で一番出来が悪いのは智章だろう。

――まあ、頭の出来についてはもう四の五の言ってもしょうがないとして、問題は現状だよなぁ。

能力の差については割りきっているが、だからといって甘えっぱなしの暮らしというのは神経に応える。正直、誰も気にしていないのかもしれないが、智章にはしんどかった。

と、向かいの席でお茶を飲んでいた怜の母・直美が智章に話しかけてくる。怜は父親とともに、仕事の話で席を外していた。

『どうしたの、トモアキ。疲れているみたいね』

『あ、いえ……すみません。ちょっとぼんやりしました』

会話は英語だ。智章が英語のレッスンをしていると聞いた一家が、それならばと英語での会話をしてくれるようになっていた。会うたびに上達していると褒めてもくれる。

――そこらへん、怜のほうがダメっていうか、甘いんだよなぁ。

智章が英語でと頼んでも、ちょっと口ごもるとすぐに日本語に切り替えてしまう。そんなこんなで、怜とは結局ほとんど日本語で会話していた。

心配されたのを誤魔化すために愛想笑いを浮かべた智章に、直美は苦笑してくる。

『レイが無理を言っているんでしょう？　あの子は我儘《わがまま》だから。いやなことは、いやって言っていいのよ、トモアキ』

『いや、というか……ええと』

言っていいものかどうか、智章は口ごもる。すると、それまで黙っていた謙が口を開いてきた。

『トモアキはやさしすぎる。兄を甘やかしてもいいことはありませんよ』

どこか苦虫を嚙み潰したような口調だ。謙は元々智章と怜の関係をよく思っていない様子だったが、だからといって智章に冷たい態度を取る人間ではなかった。むしろ、智章を心配していることが多い。謙が腹を立てているのは、智章にというより奔放な兄に対してだ。もっともそれも、兄弟だからこその心配ゆえの怒りだった。

それが感じ取られ、つい智章も内心の困惑を打ち明けてしまう。

『レイはいい人です。オレを大切にしてくれます。でも、オレは働きたい。あー、養われる？　この言い方で合っているかな。レイのお金で生きる。ちょっと違うと思います。わかりますか？』

謙が少し驚いたように目を見開く。直美のほうは、なるほどと頷いた。

『わかるわ、トモアキ。男の子だものね』

元は日本人の直美は、智章の言いたいことに理解を示してくれる。男の子だからという言い方に、謙が物問いたげに母親を見た。直美が苦笑する。

『アメリカで、男だから働きたいとか、女だから養われても平気とか言ったらジェンダー論的に問題になるけど、日本ではまだまだそういう意識があるのよ、ケン』

『そう、なんですか』

『ええ。だから、男のトモアキが、レイに養われることに落ち着かないのは、さもありなんなのよ。――で、レイには言ってみたの？』

直美が問いかける。智章は頷いた。

『はい、言いました。あー、でも英語がまだこんなだから、まずはアルバイトしたいと言いました』

『でも、ダメだって言われたのね』

そう言うと、直美はやれやれといった風情で首を振る。謙のほうは、まだ驚き顔だ。英語で続きを言おうとして、智章には難しいと思ったのか、日本語に切り替える。

「智章さん、あなたは働きたいのですか？　兄が働かなくていいと言っているのに、どうして。なにもしなくていいのですよ？　今までの兄の恋人たちだって皆……」

そこまで口走って、失言だったと謙は口を閉ざす。

日本語で訊かれて、智章にはありがたかった。なにしろ、さっき直美が言っていたジェンダーがどうとかいう部分など、まるで聞き取れなかったからだ。内心ほっとしながら、智章も日本語に切り替え、謙に説明した。

「怜の今までの恋人たちなら、オレも聞いてるよ。そりゃあ、そうなればオレだってずっと気が楽になるけど……違うんだよなぁ」

智章は苦笑した。図々しく世話になれる自分なら、こんな悩みはしない。

「小市民なんだよなぁ、結局。あ、小市民ってわかる？」

「わかります。つましく生きる一般の人、という意味ですよね」

謙がすらすらと説明する。智章は感心したため息をついた。

「すごいなぁ、謙は。っていうか、この家の人たちってみんなすごいよな。オレなんて、半年も先生をつけてもらって英語の勉強をしているのに、なかなかモノにならないし。だから、怜とオレとの間には深～い能力の差があるのはわかるんだよ？　でもさ、それでもやっぱりただ養われるのは違うって思っちゃうんだよ。馬鹿みたいだろ」

智章は自分自身を笑い飛ばすように、明るく苦笑した。謙は意外そうに、智章を見つめている。そうして、大きく息をついた。

「……兄さんにはもったいない人だ」

「怜が熱愛するのも当然ねぇ、ふふ」

直美は満足そうだ。そんな母親を、謙がしかつめらしく窘める。

「そんなことを言っている場合ですか、母さん。こんなにしっかりしている人なのに、兄さんのために人生を歪《ゆが》められて……」

「歪めるなんて大袈裟ねぇ。そう思うのなら、あなたが手助けしてあげればいいじゃない」

そう言って、直美は智章へと視線を向ける。

「智章くん、働きたいのなら、謙に頼むといいわ。もちろん、怜がうるさいから内緒でね」

「え、本気ですか……?」

あっさりとした直美の裁定に、智章はぽかんとする。本気で言っているのだろうか。

しかし、それを受けた謙が、智章よりも驚きを素早く収めると、頷いた。

「わかりました。わたしが、智章さんにアルバイトを紹介します。いいですね、智章さん」

「え、あの……よろしくお願いします」

なにがなんだかのうちに決まってしまったが、チャンスだ。怜に任せていてはいつになったら働けるかわからないし、謙の紹介なら安全でもある。ジワジワと、智章の中に喜びが込み上げてきた。

――オレ……とうとう働けるんだ。

謙に頭を下げ、上げた時には頬に笑みが浮かんでいた。働ける。それは、自分で思っていた以上の喜びを、智章に感じさせた。就職活動時に内定をもらった時よりも、もっと嬉しい。

「ありがとうございます! ありがとう、謙くん」

直美と謙に礼を言いながら、智章の目は生き生きと輝いた。

そこに、仕事のキリがついたのか、怜と父親が戻ってくる。智章は慌てて、喜びを胸に収めた。せっかく直美と謙のおかげで働けるようになったのに、それを怜に感づかれてはまずい。

『――悪かったね、トモアキ。せっかくの休日なのに、抜けてしまって』

英語で話しかけてくれる怜の父・チェスターに、智章も英語で返す。

『大丈夫です。三人でとても楽しく話しました』

『そういう時は、話していました、よ、トモアキ』

直美に訂正されて、智章は生真面目《きまじめ》に頷く。

『はい。話していました。三人で話していました』

『母さん、そんなに細かく言わなくてもいいじゃありませんか』

怜が智章を甘やかすように肩を抱き、隣の席に腰を下ろしてくる。

智章は甘い恋人に、わざとしかめ面をしてやった。

『細かくない。正しい英語を教えてくれる。おまえは……えと、ダメ！』

『ダメなのか、トモ』

クスクス笑いながら、怜が智章を見つめる。そんな息子を、直美が窘める。

『甘やかすばかりが愛情じゃないのよ、レイ。トモアキの努力に心を鬼にして協力するのも、愛よ』

『そう、協力する。おまえは……甘い！』

智章がビシッと指摘すると、怜が大袈裟に片手で顔を覆う。

『甘いかぁ。ひどいなぁ、トモ』

『ひどくない』

そんなやりとりを、父親のチェスターが微笑ましげに眺めている。

『——いいパートナーができて、本当によかった。なあ、ナオミ』

『そうね、あなた』

そう言って、軽く直美とキスを交わすと、チェスターが謙へと矛先を向ける。

『次はおまえの番だな。真面目なのもいいが、ちゃんと恋もしろ。恋はいいぞ、ケン』

『やめてください、父さん。イーストン財団の総帥ともあろう人が、愛だの恋だの……』

謙が渋い顔で諌める。そんな息子にチェスターはやれやれと苦笑し、智章へとウインクしてきた。

『わたしたちが幸せだから、妬《や》いているんだよ、ケンは。堅物《かたぶつ》の息子はしようがないだろう？』

『か、たぶつ……？』

初耳の単語だ。あとで辞書を引かなくては。そんな智章に、怜が日本語で意味を囁いてくる。

「堅物だよ、智」

「う……あとで辞書を引こうと思っていたのに」

余計なくちばしを挟むな、と軽く睨むと、素早く怜にキスされる。

「怜……っ！」

口元を押さえて真っ赤になった智章に、怜が明るく笑い声を上げる。謙は苦々しい顔をし、直美は苦笑している。怜と同じように明るく笑っているのはチェスターだ。

『思い出すなぁ。ナオミも出会った頃はトモアキにそっくりだった』

『あなたが大っぴらすぎるんですよ、もう』

「……遺伝だ」

思わず日本語で呟いた智章に、怜がクスクスと笑い出す。

そうして、智章と直美、謙の秘密の話は気づかれることなく、その日の訪問は過ぎていった。

数日後、怜が仕事に行っている昼間に、謙から連絡が入った。

紹介された仕事は、謙の個人的な知り合いのものだった。智章と怜が住むペントハウスからほど近くに住む友人の面倒を見てほしいというものだ。大学時代からの友人らしいが、謙曰く、生活能力不適格者らしい。初めて彼の家を訪ねた時、智章もびっくりした。とにかく、足の踏み場もないほど、ゴミで埋まっているのだ。

『あの……ケン、メイドは雇っていないのか？』

怜と同じく、高級住宅街のペントハウスだ。当然、メイドを雇用するのが普通の階層だと思う。

しかし、その智章の問いに、謙がため息交じりに首を振った。

『人を使うのが面倒だそうです』

『え!?　でも、それじゃあ……』

智章は口ごもる。人を使うのが面倒でメイドを雇わなかったというのなら、智章を使うのだって無理なのではないか。二人を招き入れた当の友人は、渋い顔をして頭を掻いている。

『本当に、そいつは信用できるのか、ケン』

『大丈夫だ。トモアキは非常に真面目な人間だ。真面目すぎて気の毒なくらいだ』

『なんだそれは』

胡散臭そうに、男が智章をジロリと見やる。智章は慌てて、頭を下げた。

『頑張ります！　よろしくお願いします』

『英語はまだところどころ怪しい時もあるが、だいたいわかる。性格はわたしが保証する。盗みも誤魔化しも、絶対にしない』

頭を下げながら、智章の頭の中で聞き取れた不穏な単語がグルグル回る。

――盗み？　誤魔化し？　なんだ、それ。

最初の言動から考え合わせると、目の前の人物は以前、雇ったメイドにひどい目にでも遭わされたのだろうか。それで、こんな状態になるまで誰も雇えなかったとか？

そんなことを考えていると、男が深いため息をついた。

『……わかった。いいかげん、どうにかしないといけないとは思っていたんだ。おまえがそこまで言うのなら、こいつを信用してやってもいい。おい、おまえ、名前は？』

雇ってくれるのだ。智章は急いで顔を上げ、名乗った。

『トモアキ・モリシマです！』

『そうか、トモアーキ。俺は、ラルフ・アンダーソンだ』

こうして、平日の午前九時から午後一時までの間、智章はラルフのもとでメイドの真似事をすることになったのだった。


部屋からゴミをなんとか片づけるのに、数日かかった。初日にずいぶん気難しい男だと感じたから、智章としては慎重に部屋の片づけを進めていった。少しでも怪しいと思ったメモ書きはすべて残しておき、箱に入れて、捨てていいかと問う手紙を入れておく。

翌日行くと、仕分けされている時もあれば、そのまま放置の時もあった。

謙によれば、ラルフの仕事は弁護士で、その道ではかなり優秀らしかった。ただし、大学で寮に入っていた時から片づけ下手で、周囲に相当迷惑をかけていたらしい。

一週間もすると部屋もやっと見られるようになり、それにつれて智章も、ラルフが部屋を荒らす理由がわかってきた。とにかく、出したら出しっぱなしなのだ。コーヒーを飲めばカップは思いついたところに放置。そのあと、またコーヒーが飲みたくなると、新たに別のカップに淹れて、また途中で飲みかけを放置する。だから、一人暮らしなのに複数のカップが室内のあちこちに置かれている。

服も、脱ぎたくなったところで脱いだまま。本や雑誌も、読みたくなると読んで、そのまま。とにかくなにもかもが、その場で放置なのだ。これでは、部屋もどんどん散らかる一方だろう。

前日、綺麗に片づけて帰ったはずなのに、翌朝来るともうベッドルームもリビングもキッチンもダイニングも浴室も脱衣所もトイレも、どこもかしこも散らかっている。土日を挟んだら、地獄だ。食事は主にテイクアウト専門らしいが、その食べ終わって汚れたパックがあちこちに散らばっている。グラスもカップも置きっぱなし、服もどうしてここまでというくらい床に落ちている。

「うわ……なんでこれでメイドなしで暮らしてたんだよ、この人は」

智章と違って、メイドを雇えるだけの収入もあるはずなのに、謎だ。しかし、そのおかげで智章に仕事が舞い込んだのだから、ラッキーではあった。

そんな具合に一時まで片づけにいそしみ、それから急いで自宅に戻る。三時からは英会話のレッスンがあるから、それまでにランチを食べたりと、智章の毎日もにわかに忙しくなっていった。メイドには、午前中は近くの図書館に行って勉強してくると言っている。

そうして十日ばかり過ぎると、仕事ぶりから少しは智章を信用する気になったのか、メモと多少の現金が、ダイニングのテーブルに置かれていた。

「……ん、なんだ？　きったない字だなぁ」

書き殴られた英文はひどく読みにくい。それをなんとか解読すると、どうやら時間があったら日用品の買い物をしてもらいたいという依頼のようだった。

「え……と、ティッシュにトイレットペーパー、シャンプー、リンスね。了解、と」

買い物に行けるのは少し嬉しい。アルバイトは自立の第一歩でもあったが、英語力の訓練も目論んでいたから、出かけられるのは好都合だった。

手早く室内の片づけをすませ、早速買い物に出かける。一応好みがあるだろうから、空きボトルや使い終わったティッシュの箱などからメーカー名をメモして、購入した。

それから数回、同様の用件をこなしたある日、いつものように出勤すると、ラルフが待っていた。

『あ……おはようございます』

最初の紹介以来初めて住人がいることに、智章は内心驚きながら挨拶する。スーツをピシリと着こなしたラルフは、それが癖なのか上から目線で偉そうに頷いた。

――いやまあ……雇い主だから、偉いっちゃ偉いんだけどさ。

しかし、考えてみると謙と同級生なのだから、智章より明らかに年下である。もっとも、少しも年下には見えないが。

――弁護士だもんなぁ……まあ、優秀だよ。

英語に四苦八苦している自分とは、だいぶ違う。羨ましいことである。

そんなことを思いながら、仏頂面《ぶっちょうづら》のラルフと多少の会話を試みる。今日に限ってどうしているのかわからないが、コミュニケーションだ。

『今日は仕事、休みですか？』

『いや、おまえに用事があるから、遅れて行くことにした。俺の言っていること、わかるか？』

『あー、わかります。あなた、わたしに用事ある。だから、いる。ＯＫ？』

『ＯＫだ』

やはり仏頂面のまま頷き、智章に財布を差し出してきた。

『今まで何回か買い物を頼んで、おまえは釣り銭の誤魔化しもしないし、きちんと俺の使うメーカーのものを買い足してくることがわかったから、今後はこの財布を預ける。日用品に不足が出たら、自分の判断で買い足ししてくれ』

『あー……』

長い。しかも、怜の家族のように、智章の語学力を考えて加減した話し方をしてくれていない。

智章は懸命に、ラルフが言ったことを頭の中で翻訳しようとした。

――えと……えと、なんかいろいろ言っていたけど、財布とか預けるとか言っていたよな。勝手に買い物しろってことか？

テンパる智章に、ラルフが面倒臭そうにため息をついた。これは、智章の英語力ではメイドは任せられないと呆れたのか。慌てて、智章は口を開こうとした。

しかし、その前にラルフのほうが話し始める。ただし、さっきよりもやさしい言い回しに変えて。

『おまえに、わたしは満足している。以前のメイドは泥棒だった。だから、家に人を入れるのは嫌いだったが、おまえは違うようだ。これから足らないものは、この金で補充すること。わかるか？』

『……わかる。ありがとう。わかる言い方に変えてくれた。でも、泥棒？　大変だった、ラルフ』

思いがけない告白に智章は驚いて、下手くそな英語でなんとか慰めの言葉を作り出す。

しかし、ラルフはそっけなかった。言いたいことだけ言うと、それで満足したらしい。

『ん。じゃあ、俺は行くぞ。あとは頼む』

そう会話を終わらせ、しかし、ラルフはなぜか智章の髪を軽く撫でて、出ていった。

――オレ……ちょっと子供扱いされた？

なんとなくそんな雰囲気だ。子供どころか、ラルフよりも年上の二十七歳なのだが。

しかし、渡された財布を見下ろし、智章の頬に笑みが浮かぶ。

「オレに満足してるってさ、あいつ。オレの働き方、気に入ってもらえたんだ」

日本でのサラリーマン勤めと比べたら、今の家事手伝いめいた仕事など、とても二十七歳の男のする仕事ではない。しかし、アメリカに来て、初めて認められた。そのことが、智章にはひどく嬉しかった。それに、いろいろと聞き取れないところはあったが、英語での会話がなんとか成立した。仕事のやりとりを、ちゃんと英語でできた。

「……やった！」

嬉しくて、小さく拳を握る。小さな一歩だが、智章にとっては大きな一歩だ。この調子で頑張ろう。

智章は弾んだ気分で、いっそう仕事に精を出した。

その日の午後、早速謙にメールを送る。何度か辞書を引いたり、書き直したりした末、ラルフから財布を預けられたこと、日用品の買い出しを任されたことなどを英文で伝えた。それから、礼も。

しばらくして謙から返事が届き、『ラルフに気に入られたようで、よかった』という内容に、智章は小さく笑った。どうも書かれている内容によると、ラルフは相当気難しい性格の男らしかった。

「まあ、たしかに……難しそうな性格っぽいよなぁ」

しかし、今日のやりとりで智章としてはだいぶ好印象を持っている。人懐こいタイプではないが、悪い男ではないと思う。なんといっても、智章の働きぶりを認めてくれた。

それに、彼がメイドを入れなかった理由もわかった。そういう事情ならば、今後も安心してもらえるように、いっそう頑張ろうと思う。

ふと、ニコリともせずに『おまえに、わたしは満足している』と言ったラルフを思い出し、智章は楽しそうに笑いを噛み殺した。


いやに機嫌がいい。帰宅した怜は、出迎えた智章の様子が明るいのに、多少の違和感を覚えた。なにかいいことでもあったのだろうか。

「智、楽しいことでもあったのか？」

いつものように日本語で訊ねると、智章は英語で返してくる。

『ない。いつもと同じ一日だった』

しかし、そう言いながらひどく楽しそうだ。自分だけの内緒の楽しみがあったかのように含み笑い

をして、怜はなんとなく面白くない。

アルバイトをしたいと言い出した時から少し反省して、智章をかまう日を増やしている。週のうち半分は智章と夕食をともにしているし、セックスの回数も増やした。こんなに智章のために怜の時間を割いているのに、その智章が怜に秘密を持つのははなはだ面白くない。しかし、言えと強要しても、智章は口を割らないだろう。それで怜は、逆に甘えるように、背中から智章を抱きしめた。

「どうして、智？　教えてくれないのか」

『なにもない。信じろ』

いつものように日本語で会話をしたいのに、智章は妙に英語を使い続ける。それも嬉しそうに。

「英語のレッスンでいいことがあったのか？」

そう訊いても、クスクスと笑って否定する。

『違う。今日は気分がいい。それだけ』

「どうして、気分がいいんだ？」

「あー……えーと、なんとなくって英語でなんて言うんだ？」

やっと日本語で呟いてくれて、怜はホッとする。それだけでいつもの智章が感じられて、妙に安心した。智章の肩に顔を埋《うず》めると、智章が呆れたように笑った。

「あー、もう。せっかく英語で頑張ろうと思ったのにさぁ」

「やっぱり英語のレッスンでいいことがあったんだろう、智」

隠さずに教えてほしくて、怜はしつこくせがんだ。

「違うって」

智章は否定したが、しかし、根負けしたように振り返って、怜の頭をくしゃくしゃとかき混ぜた。

「つまらないことだよ、怜。今日、図書館に行く途中、人に道を尋ねられて、英語でうまく教えられたんだ。それが嬉しかっただけだって。つまらないだろう？」

少し恥ずかしそうに明かしてくれる。英語がなかなかマスターできないことを智章は気にしているようで、だから、つまらない喜びが恥ずかしいのだろう。だが、打ち明けてもらえたことが、怜を満足させる。そもそも、智章が日本語しか話せないところで、なんの問題もないのだ。

「よかったな、智。ちっともつまらなくなどないよ。でも少し……寂しいけど」

「どうして？」

智章が不思議そうに、怜を見上げる。その身体を自分と向き合うようにクルリと回転させて、怜は鼻先に軽くキスをした。

「だって……英語が話せるようになったら、智は働きたいんだろう？　ずっと話せないままで、ずっとここにいてくれたらいいのに」

「……って、なに言ってるんだよ、怜。そういうのはいやだって、言っただろう？　そりゃあ、おまえのようには稼げないけど、オレだって……んっ」

言い募ろうとした智章を、怜はキスで塞ぐ。唇を啄み、口中に舌を差し入れて絡ませ、たっぷりと口づけを楽しんだところで唇を離した。額に額を押しつけて、甘えて囁く。

「ごめん、智。でも、智のこと愛しているから……」

「……うん。それはわかってる。オレも……その……愛してるよ」

愛の言葉は小さかった。恥ずかしがり屋の智章らしい囁きだ。

けれど、それが可愛い。腕の中の小鳥は、今までの誰よりも可愛らしい小鳥だった。

またキスをして、怜は可愛い小鳥をベッドへと連れ込む。素直な智章は、恥ずかしがりながらも甘く蕩けてくれた。今夜は、少々素直すぎるほどに。


濃厚な行為を終えて、智章はすっかり寝入っている。今夜も、精液が薄くなるまで感じさせてやったのだ。入浴まで終われば、もう精も根も尽き果てるのも当然だ。

その深い眠りをしばし見つめてから、怜はベッドから立ち上がった。リビングに戻り、充電器に差し込んだ智章の携帯電話を取り上げる。

英語で会話が成立したことが嬉しかったと智章は言っていたが、どうもそれだけではないような気がした。淫らな行為を恥ずかしがる智章が、今夜はやけに素直だったからだろうか。

嘘をついているとまでは思わないが、なにか誤魔化したいことがあるように、怜の勘が働いた。

勘というのは馬鹿にできない。単なるミステリアスな偶然と人は思いがちだが、実際にはそれまでの人生の膨大なデータを脳がふるいにかけた結果、『勘』と呼ばれるものとして意識に浮上させる場合が多いのだ。つまり、『不思議』なのではなく、『必然』である。

その勘が、今夜の智章はおかしいと告げていた。

「――おやおや、今時鍵もかけないとはな」

そういう習慣がなかったのか、それとも後ろ暗いところのない表れなのか、智章の携帯電話には鍵がかけられていなかった。怜は楽々と、メールを見ることができてしまう。そして、眉をひそめた。

§第十章

翌朝、智章は小さく伸びをして目覚めた。少々、身体が怠い。

――あー……昨日はちょっとヤりすぎたからなぁ。

雇用主から認められたことが嬉しくて、そこを怜に突っ込まれてしまった。それでつい嘘をついてしまったが、誤魔化すために少々エッチで頑張ってしまったことを、智章は反省する。おかげで怜からの疑いは晴れたと思うが、今日もバイトがあるのにこの身体の重さにため息が出てしまう。

――うぅ……今後は怜に突っ込まれないように注意しないと。

そう考えながら枕元の時計を見ると、時刻は七時を過ぎていた。起きて、支度をしたほうがいい。まだ寝ていたいという身体を励まして、智章はベッドから起き上がった。怜のほうはとっくにベッドから消えている。だいたい七時半には出かけることが多いから、もう支度を終えているだろう。つくづくすごい体力だ。それとも、抱く側のほうが体力の消耗が少ないのだろうか。

頭を掻きながら、智章はダイニングへと向かう。扉を開けて、挨拶をした。

「おはよう、怜」

あくび混じりのそれに、怜が爽やかに挨拶を返してくる。

「おはよう。もっとゆっくりしていればいいのに、智。それとも、予定があるのかな?」

ギクリ、と智章の動きが止まった。にこやかなのに、どこか見透かすような怜の口調に、心臓が飛び上がる。

「え!? よ、予定なんかないよ。おまえを見送ろうと思ってさ」

「ふうん……」

怜が手を組んでそこに顎を乗せると、目を眇《すが》めて智章を見やる。

と、ニッコリと微笑んだ。

「そうだ、智。今後のこともあるから、今日はちょっとわたしの会社に来てみないか？　将来的には、智にはわたしの秘書をしてほしいし。どんなスケジュールなのか、見てもらおう」

「え、いや、あの……怜、それは」

困る。非常に困る。九時からはバイトが入っている。智章は慌てて、断る理由を探した。

「いや、オレにおまえの秘書なんて無理だし！　みんな、ハーバードだとかそういう大学出ているような人たちだろ？　オレ、そんな有能じゃないから」

実際本当のことで、なんとかそう言うと、怜はますます笑みを深くする。

「馬鹿だな。智には、誰にもできない大切な役目があるだろう。智が側にいたら、きっととても仕事がはかどる。もちろん、時々はセックスをさせてくれたら嬉しいけど、それは智がいやだろうから我慢するよ。でも、キスくらいは許してほしいな。智はわたしの癒《いや》しなんだから。さ、着替えようか」

立ち上がると、智章の背後に回り、両肩を押してくる。

「前に作ったスーツがあるだろう？　あれでいい。着替えさせてあげるよ」

「いや、ちょっと……待てって！　そんな急に言われても……っていうか、キスとかいやだって！」

本当にまずい。職場でキスとかエッチというのもとんでもないが、それよりもラルフのアルバイトを無断欠勤するほうがもっとまずい。せっかく信頼してもらえたのだ。

しかし、抵抗する智章を、怜が背後から抱き竦めてくる。そのまま耳元に囁かれた。

「どうしてそんなにいやがるんだ、智。それとも……やっぱり他に予定があるのかな」

低い囁きだった。智章はビクンと肩を震わす。怜の響きに含まれるなにかに、心臓が縮み上がった。

「いや、あの……」

なんとかいい言い訳を見つけようとするが、言葉が出ない。

そんな智章に、怜がひんやりとした囁きで、とどめを刺す。

「――どうして勝手に、アルバイトなんて始めたのかな。してほしくないって、言ったよね？」

ばれている。智章は凍りついた。だが、いつ、どうしてばれたのだ。

「そ……れは、その…………ってか、なんで知ってるんだ」

心臓が、ドキンドキンと大きく音を立てていた。別に、智章は悪いことをしたわけではない。たしかにアルバイトはしないでほしいと言われていたが、たかがアルバイトではないか。それもいかがわしいものではなく、謙の紹介で身元もしっかりとした、しごく健全な仕事だ。

英語力の向上という点では、少々物足りないところがあるが、しかし、アメリカに来てようやく働けているということが、智章には重要であった。怜に対して、なんら恥じる点などない。

そう智章は抗弁したかったが、言い訳しようとした唇がうまく動かない。

静かな怜の口調が怖かった。今まで――一番初めの行為など強姦もいいところだったが――怜を怖いと思ったことはなかった。それが、今はむしょうに怖いと思った。微笑んでいるのに、怜の発する雰囲気のせいだろうか。智章の首筋に頰を押し当てた怜が、含み笑う。

「智、どうして携帯に鍵をかけておかなかったんだ？　隠し事が下手だな」

「鍵って……勝手に見るかよ！　普通しないだろ」

怜の行動に驚き、智章は恐怖も忘れて振り返った。携帯電話をロックする機能は知っていたが、智章の生活でそれが必要だと思ったことはそれまでなかった。他人の携帯電話を勝手に見るなど、考えたこともなかったほどだ。その驚きに、怜がクックと喉の奥で笑う。

「いいなぁ、智。本当に、なんて純朴《じゅんぼく》で可愛いんだろう。わたしの周りにはまるでいなかったタイプだ。可愛い」

「可愛いじゃなくて……勝手に人の携帯見るなんて、ダメだろ！」

クスクス笑う怜が、まるでこちらを馬鹿にしているように感じられて、智章は怒鳴った。

しかし、怜に強引にダイニングの椅子に座らされてしまう。そのまま、上から覆いかぶさるように拘束された。

「でも、おかげで智がいけないことをしているのがわかった。しかも、謙が手を貸していたなんてね。——ダメだよ、智。アルバイトはしないってわたしと約束したのだから、今日限りもう謙の友人の家に行ってはいけない。そんなに働きたいのなら、智は今日からわたしの秘書をするといい」

「勝手なことを……。おまえの秘書なんて、オレには無理だって言ってるだろ。それに、アルバイトくらい別にしたって……」

「ダメだ！」

大きく、怒鳴られた。いきなりの大声に、智章はビクリと肩を震わせた。

怜が冷たく、智章を見下ろしている。そのひんやりとした眼差しに、智章は怖さを感じたが、同時に怒りもあった。たしかに、約束を破って勝手にアルバイトをしたのは悪かったかもしれない。しかし、アルバイト時間は朝の九時から一時までで、怜に迷惑をかけるような時間帯ではない。それに、謙の友人のところなのだから、いわゆるセレブのパートナーゆえの心配も少ない。

なぜ、こんな頭ごなしに反対されなくてはならないのだ。いずれは智章も働きたいのだという意思を、怜もわかってくれていたのではなかったのか。

しかし、それを主張しようとして、智章は人の気配に気づいて振り返った。玄関のほうから、なにか音が聞こえた気がした。怜が答えた。

「クインシーだ。わたしが呼んだ」

いつもは電話が入ってから、怜が階下に向かうのだが、今日は部屋に呼んだらしい。

どういうことだと、智章は怜を見上げた。軽い音とともに、ダイニングの扉が開いた。

「――おはようございます、怜様、智章様」

智章に合わせたのか、日本語でクインシーが挨拶してくる。智章はそれを無視して、怜を睨み続けた。怜が冷ややかに、智章に命じた。

「智、ラルフという男から鍵と財布を預かっているのだろう。出せ」

「……いやだ。オレの仕事だ」

怜の放つ威圧感に気押されそうになりながら、智章は頑《かたく》なに拒んだ。智章は怜の従属品ではない。働き方をどうこう言う権利は、怜にはない。

「……謙の紹介だから、怜が心配するような危険はない。ずっと続けるつもりはないが、アメリカでの手始めには頃合いの仕事だ」

「智、働くのなら、わたしの目の届くところにしろ。それ以外は許さない」

「許さない？」

智章はまじまじと怜を見上げた。怜はなにを言っているのだ。智章が働くことは智章の自由で、許すの許さないのという問題ではないはずだ。なぜ、そんなことを言う。

「……オレが働くのに、怜の許可なんて必要ないだろう。英語が話せるようになったら、アメリカでも働くって、オレは言ったよな？　おまえもそれでいいって言ったじゃないか。それが、おまえの目の届くところって……なに言ってるんだよ！」

「仕方がないだろう。智の英語力で、わたしが許せる職はないのだから、わたしの秘書で我慢しなさい。メイドの真似事など、智の仕事ではないよ」

怜が微笑み、軽く肩を竦める。駄々《だだ》っ子を宥めるような眼差しだった。彼にしてみれば本当に、智章の主張は駄々っ子のものに聞こえるのかもしれない。

そうして智章の手を取り、指先に口づけてくる。微笑んだ眼差しは、蕩けるように甘かった。

しかし、智章の心は逆に、凍りついていた。

――智の英語力で、わたしが許せる職はない。

つまり、智章の力では、怜のパートナーとして相応しい職に就くことは不可能だと言われたも同然だった。

いや、そもそも怜は智章の職として、どんなものを想定していたのだ。智章自身はそれこそ、働かせてもらえるのならどんなところでもOKな気持ちだった。当然、怜との能力差は自覚していたから、パートナーとして相応しい職というのが厳しい現実も、ある程度はわかっている。

だが、怜はどうだったのか。彼は、智章の能力で就ける職に満足していない。だから、どうしても働きたいというのなら、お情けで自分のところで働けばいいと言うのだ。お情け――。

これほど腹の奥底が冷える言葉があるだろうか。わかってもらえていると思っていた。互いの境遇に差はあっても、智章の思いを怜も理解してくれていると思っていた。

だが、怜はわかっていない。智章がなぜ働きたいのか、その心底の理由を少しも理解していない。

「本当は……おまえはオレを働かせるつもりなんて、ちっともなかったんだな」

智章は呟いた。心が押し潰される寸前だった。

智章の衝撃に気づかぬ様子で、怜がにっこりと微笑む。愕然と床を見つめる智章の頬を片手で包み、甘やかす調子で答えた。

「智はいるだけでわたしの心を慰めてくれるんだよ。それが一番重要で、大切な仕事だろう？　無理して働かなくていい。智はわたしの最愛のパートナーなんだから」

そうして再度、「鍵と財布は？」と訊ねる。

だが、智章は答えるどころではなかった。頭がガンガンする。ちゃんと日本語で怜は話してくれているのに、ちっとも言葉が理解できない。智章の言葉も、怜は理解していない。

以前から時々感じていたもやもやとしたものが、今やっと形を成していく。

パートナーと言いながら、怜は智章を対等の相手と見ていない。ただ自分の掌の上で、ペットのように可愛がることとしか考えていない。智章を働かせる気など、最初からなかったのだ。

そこまで考えると、さらに別の疑惑まで生まれてくる。はたして、怜は本当に智章を愛していたのか。怜が『愛』だとしていたものは、本当に愛だったのか。

「智？」

怜は再び智章を促すが、智章はなにも答えられない。ただ愕然と、座り込んでいた。

そのショックを受けた様子に、怜が諦めたようにため息をひとつつく。

「――まあいいか。クインシー、智の部屋から鍵と財布を探しておけ。見つけ次第、おまえのほうからラルフとやらに返しておけ」

クインシーにそう命じて、続けて智章の頬にキスを送る。

「智、メイドごっこはもうおしまいだよ。さあ、着替えようか。わたしの秘書をしてくれるだろう?」

どうして、なにもなかったような顔をして、そんなことを言えるのだろう。智章がどれほどショックを受けているか、怜にはわからないのだろうか。

青褪《あおざ》めた顔を、智章は上げた。凍りついたような唇をなんとか動かす。

「……行かない。オレにおまえの秘書なんて無理だって、おまえもわかっているだろう」

「側にいるだけでいいんだよ? それだけで充分、わたしの役に立つ」

にっこりと、怜は微笑む。本当にそれだけで、智章が充分仕事をしていることになると思っているような、屈託のない笑顔だった。どうして、そんな顔ができるのかわからない。

智章はギクシャクと首を横に振った。側にいるだけの秘書など、秘書ではない。

「行かない……できない」

怜は無理強いはしなかった。残念そうにため息をつき、智章の髪を愛しげに撫でる。

「そう……仕方がないね。じゃあ、家で大人しくしているんだよ。勝手に出かけたりしたら……そうだな。メイドに罰を与えようかな。そのほうが、智には効くだろう?」

「怜、そんなこと……」

鮮やかに微笑む怜に、智章は言葉を続けられない。少しも智章の気持ちを理解していないくせに、どうしたら智章を制せられるかはわかるだなんて、怜の頭の中はどうなっている。

そうして、怜はクインシーを従えて、家を出ていく。愛しているよと、愛の言葉とキスを残して。

智章は力尽きたように、テーブルに肘をついた。そのまま怜を見送らず、頭を抱える。これからどうやって、怜の側にいたらいいのかわからなかった。

そんな智章に、ドアを閉めたクインシーが痛ましげな眼差しを送っていた。


怜は智章を拘束することも、携帯電話を取り上げるということもなかった。

だが、意に添わないことをすれば、智章ではない誰かが代わりに罰される。

そう言われたら、智章にもう事実上の自由はなかった。ただ怜が望むとおりに、怜の住まいで、怜の帰りを待つ日々しか過ごせなくなる。

ラルフと謙の二人に謝りたかったが、まずは謙に連絡をしたところで怜に気づかれ、即座にメイドが罰された。監督不行届という名目で、給料を減らされたのだ。たったそれだけで罰されるのかと、智章は慄然とした。そのため、続けてラルフに連絡を取ることができなくなる。

メイドもひどく警戒するようになったから、なおさらだ。近場の店に行くこともできなくなった。

一日、怜のペントハウスに居すくまり、夜には気まぐれに怜のセックスの相手をする。怜の仕事のために毎晩ではないのがよかったのか、悪かったのか。正直、今の智章にそれを考える心のゆとりはなかった。

十時近くになってもまだベッドに転がったまま、智章は答えの出ない問いにばかり心奪われている。

怜にとって自分は、どういう存在なのか――。

恋人と言い、パートナーだと怜は言うけれど、今の智章にはその言葉はただ空虚にしか響かない。なぜなら、智章のどんな訴えも怜には軽やかにあしらわれるし、怜のどんな甘い言葉も智章にはもう届かなかったからだ。事はただ、単なるアルバイトのみの問題ではなくなっていた。

ベッドに寝転がりながら、智章は両手を天井に差し伸ばす。目に映る指は綺麗に手入れされた、かつての自分のものからはたいぶ異なったものだった。髪も、肌の艶も、身体の線すらも、怜からの高価な世話で、日本にいた頃から大きく洗練されている。まるで、愛玩物《ペット》の手入れをするみたいに――。

顔色は青褪めていた。自分と怜との間に、大きな能力の差があることはちゃんと認識していた。けれど、その能力の差を超えて、自分たちは愛し合ったのだと思っていた。だが今、それはひどく曖昧《あいまい》になっていた。愛されていると思っていたのは錯覚であった、そう感じる。

「……カッコ悪。一人で舞い上がって、対等のつもりになって」

怜はまったく、智章を対等の恋人だと思ってはいなかった。どこまでも自分の庇護下に置くべき、守ってやるべき卑小な存在だと見做《みな》していた。だから、智章の『働く』という言葉に物分かりよさそうに頷きながら、その実、自分の近くで適当に遊ばせてやればいい程度に思われたのだ。

「あいつを癒すのがオレの仕事だって……？」

キスと、できればその気になった時にはセックスの相手をして、それが智章の仕事だなんて馬鹿にしている。しかし、怜は少しもそれがおかしいと思っていない。それどころか、智章の当然の仕事だと思っている節がある。秘書という名目で、智章にさせる仕事はセックス――。

両手で、智章は顔を覆った。情けなくて、悔しくて、たまらなかった。

こんなものが愛なのか。怜は本当に、智章を愛しているのか。

有無を言わせず求められ、嵐のようなこの数ヶ月間を、智章は思う。最初は困惑し、冗談ではないと思い、けれど智章もいつしか怜に惹かれて、その孤独な魂を愛し、ともに生きようと決意した。

だが今、智章は愛したはずの怜の実像がよく見えない。

怜がどこかおかしいのはわかる。同じようにセレブでありながら、怜の家族とはちゃんと意思の疎通ができる。会話が成立する。もちろん、父親であるチェスターをはじめ、少々アメリカ人らしい大袈裟な点はあったが、しかし、それが互いの理解を妨げることはなかった。

話が噛み合わないのは、むしろ怜のほうだ。恋人であるはずなのに、怜との会話だけが難しい。智章の気持ちが本当に怜に伝わっているのか疑わしいし、智章もまた怜の気持ちがわからない。愛しているから、智章に苦労をさせたくないのか。それとも、単に手近に囲っておきたいだけなのか。

どちらかといえば楽天的で、物事をいいほうに考えることの多い智章であったが、事この問題については考えれば考えるほど、悪い方向に思考が傾く。

あの夜まではずっと、愛されているから過保護にされているのだと苦笑していた。でも今は——。


コンコン。

唐突に寝室の扉をノックされ、智章はベッドの上でビクリと身を震わせた。

時計を見ると、時刻は昼だ。それで、メイドが昼食のために呼びに来たのだろうと、波打つ鼓動を宥め、半身を起こした。

「――どうぞ」

しかし、促しに応じて扉を開けたメイドの手に、電話の子機があった。

「智章様、奥様からお電話でございます」

智章に合わせて日本語を話すメイドに、智章は軽く目を見開いた。

「直美さんが……？」

怜の母親だ。子機を受け取り、智章は努めて声を落ち着かせて、電話に出た。

「もしもし、お電話代わりました。智章です」

それでも完全に沈んでいた気分を切り替えられなかったのか、とっさに出た言葉は日本語だった。レッスンしていると宣言している英語で応じなければいけなかったのに、と智章は臍《ほぞ》を噛む。

直美はその点を指摘することなく、穏やかに同じ母国の言葉で応じてくれた。

『ああ、智章くん。連絡が遅くなってしまったけれど、アルバイトの件、怜にばれてしまったんですって？　あの子ったら、有無を言わせず智章くんを辞めさせたって謙から聞いて、どんな様子なのか心配していたの。大丈夫？』

心遣いを感じさせるやさしい声に、智章はため息が出かけたのを噛み殺した。余計なことを言って、これ以上怜の家族を心配させたくない。

「……すみません。せっかく謙君に紹介してもらったのに、不義理をすることになってしまって。やっぱり……自分が紹介したものでないと、気に入らないみたいで」

あえて、ぼやく調子でそう答えた智章に、電話の向こうで直美が苦笑するのが聞こえた。

『しようがない子ねぇ。よっぽどあなたを自分の側に置いておきたいのね。でも、相変わらず仲がいいようで、安心したわ』

機嫌よさそうに、直美が「ふふ」と笑う。微笑ましいと言いたげな笑いに、智章は胸中苦いものを感じざるをえなかった。

仲がいい――。

そんな簡単に言い表せるものであったなら、智章もどれだけ気が楽なことか。

それにしても、直美たちがあっさりと、息子の恋人として智章を受け入れたことには驚かざるをえない。本来なら、別れてほしいと願うものなのに簡単に認めたのは、やはり幼くして祖父に引き渡してしまった事情が関係しているのだろうか。つい、智章は訊かなくてもよいことを訊いてしまう。

「……あの、本当にオレでよかったんですか。怜にはもっと別の……その、ご令嬢とか……」

『どうしたの？　やっぱり、なにかあったの？　あの子、怒るとなるとおじい様に似て、容赦がないから……。わたしが余計なことをして――』

「いえ！」

悔やむ言葉を口にしかけた直美を、智章は慌てて遮った。直美に余計な心配をかけたくない。あんな質問などするべきではなかった。

「大丈夫です。オレたちは別に、あの件でどうかなってはいません。それより、なんかすごく愛されてるなーとか思えて、それに直美さんにもこんなに心配していただいて……それでつい、疑問というか、オレなんかでいいのかなとか思ってしまって……すみません」

誤魔化し誤魔化しそう言うと、直美がホッとしたように「よかった」と呟いた。

『あの子があまりに独占欲を剥き出しにするから、あなたが愛想を尽かしてしまわないかと心配になったくらいなのに、息子のパートナーとしてのあなたに不満があるわけがないじゃない。それよりも、あなたのおかげで怜が落ち着いたことのほうが嬉しいのよ。おじい様は結婚は事業のため、女遊びはただの息抜き程度にしか考えてらっしゃらない方だったから、怜もその影響を受けて、愛情のない人間になってしまったらどうしようと不安だったの。でも、怜の心の中にはあなたがいた。あなたのおかげで、怜は人間らしい心を守ることができたのよ。あの子の相手が男か女かなんて、重要なことじゃないわ。あの子の人生にとって大切なことを教えてくれる存在であることが重要なの。智章くんと一緒にいる時のあの子を見ていると、幼い頃の、まだおじい様の影響を受ける前のあの子のようで……本当にホッとした。だから、むしろわたしたちのほうがお礼を言いたいくらいなのよ、智章くん』

「そんな……」

どこかしんみりとした心情の感じられる直美に、智章はどう返したらよいか困惑する。本当にそうだろうか。自分といる時の怜に、ほんの少しでもかつての屈託のない怜が戻ってきていると。

口ごもる智章を、直美はおおらかな笑みを含んだ口調で励ます。

『だから、堂々と怜の側にいてあげてね。怜には、智章くんが必要なのよ。お願い』

「……はい」

『それじゃあ、なにかあったらいつでも連絡してね』

そう言って、直美は通話を切った。終了した会話に、智章はため息をつく。人間らしい心——。

本当に、自分の存在が怜にそんな効果をあげているのだろうか。直美はそう言うが、智章には同意できない。怜にとって自分はペットみたいなものだ。どれだけ言葉を尽くしても智章の意思は伝わらず、それどころか勝手に待遇を決め、それでよしと満足している。

——その力もないのに怜の秘書になって、でも、オレの秘書としての役目はエロ専門で……。

そんなものは秘書ではない。秘書の形を借りた愛人だ。

どうして、怜はそんな待遇を智章が喜んで受け入れると思っているのだろうか。形式だけでも働いている形をとれば、それで智章が満足すると思っているのか。

「なんで、わからないんだよ……」

ベッドに腰を下ろし、智章は呻いた。いつでも、どんな時でも前を向いて生きてきたのに、今はどうやってこの先に進んだらいいのかが見えない。怜への怖ろしい疑念が、智章の思考を、行動を、がんじがらめに縛めていた。こんなのは自分らしくない。しかし、どう行動したらいいか、わからない。

言葉を尽くして、怜に智章の思いをわかってもらうべきだろうか。

——イエス。

だが、今までと同様、どう説明しても何ひとつ伝わらないとしたら、どうしたらいいのだ。

食べて、寝て、恋人のために身体を磨いて、そしてセックスをして——。

こんなことを続けていたら、自分はまるで怜のダッチワイフだ。

そう思ったとたん、肌がゾワリと粟立った。身体だけ求められていて、心を求められていない。そんな言葉が頭に浮かぶ。

違う。怜は智章を愛している。愛しているから、わざわざアメリカから智章を口説くためにやってきたし、愛しているから、智章をメチャクチャに甘やかそうとする。智章になにもさせようとしないのは……そう、愛だ。愛しているから、智章を贅沢に浸して、ただただ甘やかそうとするのだ。

まるで自分に言い訳するかのように、智章は自分で自分に言い聞かせた。

けれど、言い聞かせる端から、いやな疑念が湧き上がる。

——怜は智章を甘やかしているのではない。ダッチワイフとして、相応に扱っているのだ。現に、智章をまともに働かせようとはしてくれない。労働すらも、自身のセックスに結びつけようとしてくる。一緒に出勤して、秘書のような顔をしてくっついて、けれど、ひそかに怜の欲望を処理するのが仕事で——。

「違う……違う、違う……！」

智章は頭を抱えて、呻いた。自分は怜の性欲処理の愛玩物ではない。愛されているから、甘やかされているのだ。まるでペットのような扱いだが……。

「……ダメだ。なんかもう……ドツボだな」

しばらくして、智章はなんとか虚しい自縄自縛から抜け出そうと呟く。様々な目には遭っていても、まだ智章の精神の健全さは健在で、自分が愚かな方向に沈もうとしていることを理解していた。

こういう時は、まずできることから処理していくべきだ。考えてもわからない問題は、一時的に蓋をするのも心の均衡を保つためには必要だ。

「できること……。まずは、そうだな」

周囲を見回し、次いで、自分自身を見下ろす。そろそろ昼食の頃合いだというのに、まだパジャマだ。歯もまだ磨いていない。こういうのはいけない。たとえ用事がなくとも、きちんと着替えるべきだ。それから、髪を梳かして。まずはそうやって、身なりを整える。それから……そう。

「英会話のレッスン……ずいぶんサボってしまったな」

働けるかどうかは置いておくとして、英会話ができるようになるのは悪いことではない。今は怜が話を聞いてくれなくても、いざチャンスが来た時にすぐ動けるように、準備を整えておくべきだ。

「よし。着替えて、身支度をして、ご飯を食べて、それから英語のレッスン。まずはこれをちゃんとやること。それから……怜とはもっと、話をしないとな」

淫らなことばかりでなく、もっとお互いを知るために話をしよう。そうして理解を深めて、互いにもっと過ごしやすくできるように努力しよう。もしかしたらその過程で、怜の知りたくはない本心を知ってしまうかもしれないが、今のように悶々《もんもん》としているよりはマシだ。

少しだけ、いつもの前向きな調子を取り戻せたようで、智章はほっと息をつく。うじうじしているのは性《しょう》に合わない。

勢いをつけて立ち上がり、智章は早速パジャマから着替えた。コットンパンツにラフなシャツ。ラフと言っても、怜がオーダーメイドで作らせたものだから、どことなし品があるが、開襟のものなので、智章は気に入っている。それから身じまいをして、ダイニングに向かった。ここ数日、呼ばなければ寝室に閉じこもりきりだった智章の登場に、メイドが驚き顔をする。

気恥ずかしい思いで愛想笑いをして、智章はメイドに話しかけた。

「そろそろランチの時間だと思ってさ。できてる？」

「はい。今日はサンドイッチをご用意いたしました」

食事の量も減っていた智章のために工夫してくれたのだろう。食べやすく、見た目にも美味しそうな一品だ。それにスープとサラダがついている。

「ありがとう、美味しそうだ。――そうだ！　今日はリビングのほうで食べてもいいかな。しばらくレッスンをサボっていたから、英語の聞き取りの練習を兼ねて、テレビを見ながら食べたいんだけど」

「……かしこまりました。それでは、リビングのほうに準備いたします」

久しぶりに明るい智章に面食らった風情を見せながら、メイドが応じる。しかし、鬱々とされるよりはいいのだろう。手際よく、リビングのソファテーブルにランチを並べ、最後に「食後にオレンジのゼリーをご用意してございます」と添えてから、出ていった。智章が食事をしている間に、寝室の掃除をするのだろう。それを見送り、智章は早速テレビのリモコンを手に取る。

「今の時間だと、なにをやってるのかな」

そんな呟きを洩らしながら、いくつかチャンネルを変えた。最初はお堅いニュース番組に挑戦しようと思ったが、難しい単語が飛び交いあえなく断念。結局、智章の知っているハリウッドスターなども登場する、やや軽めの情報番組に落ち着く。ゴシップ的な面もあり、なかなか楽しい。

「んんん……？　Divorce ってことは……離婚か。へえ、この女優さんって結婚していたんだ」

そんなことを呟きながら、サンドイッチをモリモリ食べる。久しぶりに前を向けたおかげか、食欲が戻ってきていた。スープも美味しい。サラダは少し……野菜が苦手だが。

しかし、こうやって腹に食べ物を送り込むと、エネルギーが湧いてくる気持ちになる。怜と渡り合うにしても、まずは体力が必要だ。怜と智章では、互いに常識と考えるものにズレがあるから、それを摺り合わせるためにはパワーをつけなくては。

三つめ、四つめとサンドイッチを頬張り、時々テレビ番組の内容にクスッと笑いながら、智章はしばらくぶりの気持ちいいランチを続けた。しかし、その手が不意に止まる。

「……え、今なんて？」

画面の中で、キャスターがにこやかに話している。その左上には綺麗な女性の写真が映っていて、その彼女についての新情報のようだった。新しい恋の噂らしい。

『今まで大物ばかりハントしてきたラナだけど、今度の彼とは真剣交際らしいわよ。イーストン財団の御曹司なら、いくらでも彼女のために映画の主演をプレゼントしてあげられるわね！』

ところどころ早口で聞き取れない部分があったが、大まかなところは聞き取れた。

写真の女優は若手のスターであるラナ・アンジェリカ。ブロンドに青い目の、少し仔猫のような魅力のある女優だ。まだ二十四歳なのに恋多き女として知られていて、今までにも大物プロデューサーやスター俳優、歌手、監督、実業家などなど様々な男性と噂に上っていた。

それと怜との恋の話？

馬鹿馬鹿しい。驚いたあと、智章はすぐにそのゴシップをデタラメだと切り捨てた。この数ヶ月、怜と暮らしているのは智章だったし、いろいろありつつも、怜には情熱的に求められている。

「まったく、どこの国でも同じだなぁ」

苦笑交じりに、智章はぼやいた。日本でもアメリカでも、有名人のゴシップには嘘もたっぷりあるのは変わらないらしい。そんなふうに笑って、五つめのサンドイッチにかぶりついた。

しかし、続いて変わった画面に、智章は目を見開く。

「…………ん、ん？」

それは、写りの悪いキス写真だった。夜の街で、レストランへとエスコートする怜の首に女優が抱きついて、熱くキスをしている。サンドイッチを咥えたまま、智章はマジマジとその写真を見た。不鮮明だが、知っている人間には誰だかわかる。

たしかに、怜だ。出社する時とは違う、華やかなスーツを着て、ラナの腰に優雅に腕を回している。

飛びついたような形のラナに強引にキスされているように見えなくもないが、しっかりと応じているのも見て取れる。いや、それよりなにより、いつの間にハリウッド女優とディナーなどしていたのだ。これも仕事の一環なのだろうか。

しかし、怜がCEOを務めている企業は、別に映像関係の業種ではない。まったく畑違いの化学関連の企業で、ハリウッド女優を接待するような仕事は考えられなかった。

口にしたサンドイッチを、智章は機械的に噛み、飲み込む。さっきまではあんなに美味しいと思っていたものが、急に味が感じられなくなっていた。たとえ仕事だったとしても、女性とあんなキスをする理由にはならない。それが、智章の心に重く突き刺さる。

——いや、ダメだ。

それでも、智章はなんとか自分を諫めた。なにか理由があるかもしれない。女性のほうが積極的に見えるところからも、もしかしたら強引にされただけかもしれない。

写真の撮り方によって、怪しくないものが、怪しそうに見えることだってある。

——そうだ……まずは、怜に訊いてみないと。

事情を説明してもらう。話はそれからだ。

だって、怜が浮気をするわけがない。智章をこんなに、自分の側に置いておきたがっているのだ。アルバイトすら許さず、仕事だって、無理なのに秘書にしようとしている。

その怜が、智章以外の人間と関係するわけがない。あれは誤解だ。そうでなければ事故か。

砂を噛むようなサンドイッチにかぶりつきながら、智章は何度も、自分にそう言い聞かせ続けた。

§第十一章

その夜、怜の帰りは遅かった。深夜十二時近く、疲れた様子で帰ってきた。

「――お帰り」

「ああ……ただいま、智」

いつものように抱擁し、キスをしようとしてくる。受けなくてはと智章は思ったのだが、身体のほうが強張った。

「智？　どうしたんだ」

触れかけた唇をつい避けてしまった智章に、怜が不思議そうに訊いてくる。

だが、すぐに思い当たったようだった。

「……ああ、智も知っているのか。母から聞いたんだろう。今まで説教されていたよ」

苦笑して、怜が肩を竦める。その軽い様子に、智章は少しだけ希望を得て、訊く勇気が出る。

「あの……女優さんとのキスは……」

「ラナも困った女だ。わざわざあんなところでキスしてくるとは、まったくわきまえのない女だよ」

「わきまえがないって……」

怜の言葉を、どう解釈すればいいのだろう。要するに、あのキスは怜の本意ではなく、あくまでもラナが無理矢理してきたということだろうか。一縷《いちる》の希望を持って、智章は怜に問いかけた。

「じゃあ……怜とあの人は、ただの仕事上の付き合いってことでいいのか？　彼女が戯《たわむ》れでキスしただけで、それ以上の意味はない」

「度をすぎた戯れだ」

その言い方に、智章はホッとして顔を上げた。つまり、ラナの一方的な行為なのだと思った。

しかし、続いた言葉に、浮かびかけた微笑みが凍りつく。

「少しセックスをしたくらいでステディーな関係になりたがるなど、思い上がった女だろう？　悪かったね、智。心配しなくていい。わたしのパートナーは智だけなんだから」

そう言うと、愛しげに智章にキスをする。やさしく唇を啄み、当然のように舌を入れてくる怜に、智章はただただ呆然としていた。

——少しセックスをしたくらい……。

頭がガンガンする。パートナーは智章だけ？　それなのに、ラナとも寝たのか？

「ん……んん、っ……いやだ、放せっ！」

頭が理解するとともに、おぞましさが込み上げる。キスを続けようとする怜を、智章は突き飛ばした。怜は不思議そうに首を傾げて、智章を見下ろしている。

「どうしたんだ、智。ああ、分をわきまえない女で、不愉快になったのか。そうだろう。悪かった、智。あんなに図々しい女は初めてだ。わたしもまだまだ半人前だな」

軽く笑って、肩を竦める。智章には、怜がなにを言っているのか理解できなかった。なにをどう言おうとも、怜のした行為は歴然たる浮気だ。どうして平気な顔で語れる。

しかも、怜の言い方では、ラナ以外にもまだ相手がいたように聞こえる。ラナが初めてではない。

不意に、智章はハッとした。

——そういえば、一度石鹸の匂いをさせて帰ってきたことがあった……。

あの時、怜はホテルで内々の打ち合わせをしていたついでに、帰る時にシャワーを浴びてきたと言っていたが、もしかしてそれは――。

「おまえ……ラナ以外とも寝ていたのか……？」

「困ったな。そんな顔をしていては、正直に言えないだろう。だが、安心してくれ。すべて遊びだ。そそられた相手とちょっとセックスするくらいは、誰にでもあるだろう？　だが、それは愛じゃない。ほんのお楽しみだ。本当に心まで繋がるようなセックスは、智としかできないよ」

「なに……言ってるんだ……なに言ってるんだよ！　オレがっ……オレがいるのに、おまえは他の人間と寝ていたのか⁉　あの女優とも寝たのかよっ。嘘だろ⁉」

怒鳴り、智章は髪を掻き毟《むし》った。怜の言ったことが信じられなかった。

「智、そんなに興奮するな。愛があるのは智だけだ。でも、智だって男ならわかるだろう。いい身体をした人間がいれば、ちょっとした性欲を発散したいと思うのは、男の性《さが》だ。――でもまあ、そうやって怒る智が、また愛しいんだけどね。そんなに、わたしに他の人間と寝てほしくなかった？　それならなおのこと、秘書にならなくてはいけないな。わたしがよそ見しないように、つきっきりで監視してくれなくては。そして、できればわたしの欲望の解消を手伝ってくれなくては、ね？」

ニコニコと、むしろ上機嫌で、そんなふざけたことを言ってくる。

智章にはもう、目の前の男が自分と同じ生き物なのだと思えなかった。怜は『愛』だというが、怜の言う愛は智章の愛とはあまりにも違う。

「……オレに触るな」

抱き寄せようとした怜を、智章は拒む。気持ちが悪かった。恋人だと思っていた男が、むしょうに気味悪かった。智章を愛しているのなら、なぜ、他の人間を抱ける。理解できない。

「困ったな。こうなるだろうから、智には知られないように気をつけていたのに……。あの女、代償を払わせてやらないといけないな」

智章には甘い、困った顔を見せていた怜が、ラナのことを語る一瞬だけ、冷酷な顔を見せる。智章という存在がいながら、ラナの身体を楽しんだくせに、邪魔となればそんな酷薄な姿を見せる。

智章には、怜という男が理解できなかった。許せないのなら、どうしてラナを抱いたのだ。愛していないのなら、なぜ智章以外の人間と遊べたのだ。しかも、怜の口ぶりでは、それのどこが悪いのか、少しもわかっていない様子だ。智章がいやがるだろうから、隠していただけで――。

では、智章が怜と同じ価値観の人間だったら、怜はもっとおおっぴらに浮気をしたのか?

――だとしたら……怜の愛は、愛じゃない!

自分で自分を守るように両腕を抱いて、智章は怜を睨み上げた。戸惑いながらも、今までは怜を愛していた。怜に愛されたいと思っていた。でも、こんな怜は理解できない。怜の愛は、愛ではない。

「――ラナに八つ当たりをするな。オレがおまえを拒むのは、ラナのせいじゃない。おまえがオレを裏切ったからだ」

「智、裏切ってなどいない。心は智のものだ。愛とはそういうものだろう?」

苦笑して、怜が智章をいなそうとする。そのあまりに自然な態度に、智章の心がどす黒い絶望に塗り込められていく。

違いすぎる。怜と自分では、あまりにも違いすぎる。

セレブとか庶民とかという意味ではない。価値観という意味で、まったく異なる世界の人間だった。

今ようやく、そのことを智章は絶望とともに理解する。

「オレは……愛しているから、身も心もおまえだけに与えた。どちらも、他人に与えようとは思わなかった。でも、おまえは違うんだな。心さえあれば、身体は別の相手に与えてもかまわないと思っている。……オレはそうじゃない」

「智……そうだ。これからはそうしよう。それで智の心が安らぐなら、な？」

怜がやさしく微笑んで、智章の肩に手を置いてくる。温かな手が、愛しげに頰を包んだ。

それを、智章は首を振って拒んだ。悲しい思いで、怜を見上げる。智章にはもうわかっていた。今、怜が口にしていることは偽《いつわ》りだ。智章を宥めるためだけに言っているに過ぎない。わかっていた。

「嘘をつくな、怜。嘘なんだろう？」

「まさか！　愛する相手に、こんな嘘はつかない。これからは、智一人にする。約束だ」

真面目な眼差しで、怜が誓う。だが、違う。怜は嘘をついている。

「……嘘つき。オレは日本に帰る。おまえとはもう終わりだ」

「そんな聞き分けのないことを言ってはいけない。愛しているのは智だけなんだ……愛している、智」

強引に、怜が唇を奪おうとしてくる。智章は怜を突き飛ばし、キスを拒もうとした。

しかし、今度の怜は逃がしてはくれない。強い力で智章を拘束し、無理矢理唇を塞いでくる。

「やめ……っ！」

こんな怜とキスしたくない。強引に唇を塞がれたが、侵入してきた舌に智章は嚙みついた。

「……つっ！」

小さく呻いて、怜が飛び退く。驚いたように、その目は智章を見つめていた。

智章は怒りに燃えた目で、睨み返す。

「もうおまえとは寝ない。おまえとの関係は終わりだ」

「……本気で言っているのか？」

口元を拭いながら、怜が眉をひそめる。智章は吐き捨てた。

「おまえとは価値観が合わない！　遊びで他の相手と寝るような人間とは、愛し合えない」

「だから、もうしないと言っただろう！　わたしが信じられないのか!?」

初めて、怜が怒鳴った。青みがかった綺麗な茶色の瞳が、荒々しく智章を睨《ね》めつけていた。どこか、ぞくりとした怖さを感じさせる瞳だった。だが、智章も怒りに後押しされ、言い放つ。

「今、オレを言いくるめられればいいと思っているだろう！　オレを愛していると言ったくせに簡単に他の人間と寝ていたおまえを、なんで信じられるかよ。どけ、オレはもう日本に帰る」

支度をしようと、智章は怜を押しのける。着替えなどはどうでもいい。とにかくチケットを押さえて、一刻も早く怜から離れるのだ。だが、すり抜けようとした腕を、怜に摑まれる。

「帰さない。智はわたしのものだ。智だって、わたしのセックスから離れられるものか」

「……あっ！　なにをするっ」

乱暴に、床に押し倒された。智章は飛び起きようとしたが、それより早く怜に上から押さえつけられる。強い力で智章の抵抗を押し留めながら、怜はニヤリと唇の端を上げた。それは自分に自信のある雄の、淫猥な笑みだった。

「なにをする？　決まっているだろう。恋人ならば、言葉で語るよりも身体で語るべきだ。セックスをしよう、智。他の誰とも味わえない、智としか感応できない特別なセックスを」

「……やめろ。もうおまえとは寝ない。他の相手を抱いた手で、オレに触るな！」

智章は怒鳴った。もがいた。しかし、怜は楽しそうに笑う。

「他の人間を抱いた手で触られたくないのは、わたしを愛しているからだ。ああ、なんて心地いい罵声だろう。智の罵声は、わたしには最高の愛の言葉に聞こえる。愛が……わたしたちのセックスを特別なものにする。愛しているよ、智。君だって、わたしを愛している」

「やめろ……オレに触るな……やめろ――っっ！」

智章は叫んだ。血を吐くような、拒絶の叫びだった。


毟り取るように、怜は智章のシャツを剝いだ。アジア系特有の滑らかな肌に唇を這わせる。

「……やめろ！」

叫ぶ智章の肌に、鳥肌が立った。初めて目にする嫌悪の反応だった。

それほど自分に触れられるのは不快なのか、と怜はカッとした。たかが遊びのセックスにこんな反応を示す智章が、理解できなかった。単なる遊び相手と智章は違うのだ。なぜわからない。

なんとしても感じさせようと、怜はこの数ヶ月ですっかり過敏な器官となった胸の実に、唇を移した。甘い、ピンク色をした乳暈に舌を這わせ、乳首の根元を焦らすように舌先でつつく。いつもの智章なら、これだけで妙《たえ》なる声を上げて、股間を硬くするはずだった。

「ゃ……め……っ」

案の定、智章の背筋がたわみ、快楽の反応を示す。ピクン、と胸の先が硬くなるのを、怜は舌先で感じた。智章は怜専属の楽器だ。どこをどう爪弾《つまび》けば、どう反応するか、なんでも知っている。

ほくそ笑みながら、怜はツンと硬くなった胸の実を口に含んだ。やさしく吸って、舌で舐《ねぶ》る。

「い……ゃだ……や……め……」

切れ切れの抵抗が可愛らしい。試みに股間に手を這わせてみると、智章のそこもまた熱くなっていた。悪戯心が込み上げ、必死に愛撫に耐える智章を、怜はからかいたくなる。

「いやだと言うわりには、智の股間も硬くなっているじゃないか。身体は正直だ、ふふ」

「違……っ！　オレは……オレは、おまえなんかと……あうっ」

正直でない智章を罰するために、怜は強くその股間を握った。コットンパンツの中で形を変えつつあるそれの形状を知らしめるように握り、揉みしだいてやる。

智章は呻き、顎を反らせた。ギュッと閉じた目元は苦しそうで、表情は屈辱に赤く染まっている。

こんなに感じているくせに――。

そう思うと、素直でない智章が憎たらしくなる。

なぜ、智章は従順でないのだ。怜を愛しているのなら、どうして、怜の与えるものに満足しない。金よりも贅沢よりも、心を欲した智章に充足を感じていたくせに、今は逆に怜の与える富貴《ふうき》に満足しない智章に不満を覚える。怜は智章に、自らの収入の半分を分け与えると申し出た。なに不自由ない暮らしをさせ、パートナーとして、他の愛人たちとは一線を画した立場とした。あらゆる意味で智章は、怜の数ある情人たちより一段上に遇してきたのだ。

それなのに、まだ智章は不満だと言う。自分一人を愛して、他の人間を抱くなと無茶を言う。

なぜ、そんな聞き分けのないことを言うのか、怜にはまったく理解できない。理解できないながらも、潔癖な智章の価値観に配慮を示して、今日まで彼の目を避けてセックスというお遊び《スポーツ》をしてきた。

怜がここまで心を配った相手は、智章が初めてだ。それが彼にはわからないのか。

もがく智章の下肢から、怜は乱暴に着衣を剝ぎ取った。剝き出しになった下肢を大きく押し広げる。

「いやだぁ……っ！」

智章が惑乱して叫ぶ。強引に開いている脚がプルプルと震えていた。怜の口に含まれていた乳首は濡れて、淫らに欲情をそそっていたが、肝心の智章の顔は絶望に歪んでいた。

凝視する瞳の哀しみに憐憫を覚え、怜はもう一度、智章を説得しようと試みる。

「特別なのは智だけなんだよ。スポーツではなく、愛しているから抱きたいのは智だけだ」

「……スポーツ？」

智章の震える唇が開いた。怜はにっこりと微笑み、子供に言い聞かせるように頷く。

「そうだよ。智に会うまで、わたしにとってセックスはスポーツだった。愛が、これをもっと素晴らしいものにしてくれるのだと、智によってやっと知った。だから――」

「じゃあどうして、オレと愛し合ってからも、他の人間と寝たんだよ！　オレと寝るのが特別だったら、もう他の人間なんていらないだろう」

怜は困ったように、首を傾げて智章を見下ろした。どう言えばわかってもらえるだろう。

「ああ……智。わたしのパートナーは智だよ。だが、どんなスポーツだって、ペアの相手は常に固定というわけじゃないだろう？　時にはいろいろな相手とも試すものだ。試す相手ごとに、また違った面白さがある。ただそれだけのことだ。智が妬く必要はないんだよ」

我ながらいいたとえだと思う。怜は満足して微笑んだ。智章は愕然と、怜を見上げている。

「ペアの相手って……スポーツって……なに……言ってるんだよ、怜。セックスは……スポーツなんかじゃない。愛し合う相手と以外は……してはいけないものだ。それがスポーツって……？」

「成人した人間が、身体を使って汗をかいて励むんだ。スポーツだろう？　ああ、だがもちろん、智とは違うよ。智とするのはスポーツじゃない。ひとつになって……愛し合う行為だ」

そう言って、怜は愛しい智章の後孔に指を咥えさせた。

「ゃ……め、っ……！」

智章は仰け反り、もがいたが、数ヶ月ずっと愛し合ってきた身体は柔らかく綻んで、怜の指を呑み込む。二、三度抽挿すると、智章の前方の果実もそそり立ち、いっそう怜をそそった。

もう我慢できない。乱暴に指を引き抜くと、怜は自身の前を寛《くつろ》げた。智章が欲しくてたまらない。

「いやだ、怜……ほんの少しでもオレを愛しているというなら……これ以上するな……やめてくれ」

「馬鹿だな、智。愛しているから、抱くんじゃないか」

逃れようとする身体をものともせず、怜は智章の花筒を欲望で貫いていった。

「や……いやだぁぁ……っ！」

智章は叫んだが、強引にすべてを呑み込ませる。智章の中は熱くひくついて、蕩けるように柔らかく怜の肉を包み込んだ。

「あぁ……智、最高だ。君の中もひくついていて……わたしとひとつになりたかったんだろう？

……んっ、これで全部挿入《はい》った。愛しているよ、智」

「違う……馬鹿、抜け……出ていけ……あ、あ……やめろ、動くな……っ」

動かずにいられるものか。抵抗を示しながらも熟んだ花筒に、怜は陶然となる。緩く腰を回す。

「智、いっぱい出してやるからな。こうやって中に出すのは、智だけなんだ。コンドームなしでヤるのは、智だけ……ん、いいぞ。智も気持ちがいいだろう？」

生でヤるのは智章だけだという告白に、怜を包み込んだ智章の肉襞が嬉しげにしゃぶりついた。

そんな智章に、怜は何度も「愛しているから、中に出すのだ」と囁く。遊び相手に、怜の胤《たね》を与えることはけしてない。身体の奥深くまで剝き出しのペニスで繫がり、溶け合うのは智章だけだ、と。

「いやだ……やめろ……あ……あぅ……いやだぁ……っ」

喘ぎながら、智章は懸命に怜を押しのけようともがく。だが、拒む態度とは裏腹に、怜を咥え込む深みは淫らに欲望に絡みつき、力強い抽挿に歓喜の蠢きを示した。

それに気をよくして、怜はいっそう激しく智章の深みを抉る。単なるスポーツとは違う悦びが、智章との行為にはあった。それが愛なのだと、怜は陶酔した。


深い闇の中、智章の目蓋が震えた。泥のような疲労の中から、意識が覚醒する。

「………………ぅ」

呻き、開いた目にぼんやりと、智章を抱えて眠っている怜が映った。リビングで無理矢理抱かれていたはずだったのが、いつの間にかベッドに運ばれている。互いに全裸で、手足を絡ませ横たわっていた。ただし、汗にまみれた不快感はない。怜が綺麗にしてくれたのだと思われた。

「ふ……」

喉奥から嗚咽《おえつ》が込み上げ、智章は声の上がりかけた口元を手で押さえた。行為の最中、怜が言った様々な言葉が、智章の頭の中でぐるぐると回る。

――スポーツ。

――ほんの遊び。

――生でヤるのは智だけ。

それらの言葉が、怜はれっきとした説明になると思っているようだった。

だが、智章にわかったのは、いっそうの溝の深さだ。聞けば聞くほど、怜にはついていけなかった。

智章だって、偉そうなことを言えるほど立派な倫理感があるわけではなかったが、しかし、恋人がいるのに他の相手と行為を楽しむほど乱れているわけではない。

もちろん、怜との関係の当初、流されたように抱かれてしまったことについては弁明しようがないが、少なくともあの時、智章に恋人はいなかった。だから、誰も裏切っていない。

しかし、怜は違う。智章という恋人がいながら、別の相手とも関係を持った。それも複数人と。

――どうして……。

満足したように寝入る怜を、智章は悲痛な眼差しで見つめた。幼い頃の怜には、こんなとんでもない感覚はなかったはずだ。互いに一途に、一生仲良くする約束として、結婚を誓った。

けれど、その純真さがいつから失われてしまったのだろうか。祖父から受けたという英才教育が原因なのだろうか。そのために、ずっと孤独を抱えているように智章は思ったけれど、それすらも錯覚であったのではと思える。あるいはただ、あまりに境遇が違いすぎる怜になんとかして共感できる部分を見つけようとして、ありもしないものを『見た』と思ったに過ぎないのか。

ただ他の相手と寝る怜に、ある種の陰険さは感じられなかった。それどころか、スポーツと言いきる怜には、無邪気といってよい天真爛漫《てんしんらんまん》さすらあった。きっと本心から、怜には自分の行動のなにが悪なのか、わかっていないのだろうと思う。純粋に、ただヤりたいからヤり、楽しく、気持ちよく、それこそスポーツをしたあとと同じような爽快感すらあるのかもしれない。

怜がセックスをスポーツと言うのは、本当に本心からのものなのだ。それ以上でも以下でもない。

そうであることを智章が理解し、目くじらを立てずにいれば、二人の関係は問題なく続いていくだろう。実際、智章以外の相手との行為は怜にとって単なるスポーツなのだから、浮気以前の問題だ。

しかし、と智章は唇を噛みしめる。たとえ浮気の意識がなく、運動のひとつでしかないとしても、智章の胸の痛みは消えない。

怜にはわかっているだろうか。怜との関係を受け入れることが、智章にとって簡単ではない問題であったということが。同性で、住む場所も境遇も違い、身分というと大袈裟だが、セレブと庶民では世界が違う。その違いを乗り越えようと決意したのは、怜を愛してしまったからだ。愛していたから、怜とともに生きようと決めた。

だが、その根幹である愛が、今は揺らいでいる。怜の愛は、智章にはあまりに異質な愛だった。

いや、智章の価値観からすれば、それが本当に愛なのかすら疑わしい。スポーツとして幾人もの相手と行為に及び、一方では智章を愛玩物扱いする。『働く』という言葉の定義の問題もあった。

智章の主張を怜は理解できないだろうし、怜の世界観も智章には受け入れられない。

――一緒にはいられない……。

結論は、それでしかなかった。怜はセックスで智章を引き止められると思っているかもしれないが、だからこそ智章は怜の側にいられない。

ふと、昼間の直美からの電話が頭に浮かんだ。妙なタイミングの電話であった。もしかしたら、怜のゴシップを先に知り、智章の様子を窺う電話だったのかもしれない。だが、あの段階では智章はまだなにも知らなかったから、直美もあえてそれには触れずに会話を終わらせたのだろう。智章が知らないなら知らないで、そのほうがいいだろうと判断して。

頼ったら、彼女は力になってくれるだろうか。

じっと怜の寝顔を見つめながら、智章は考えた。直美は怜の母親だ。智章のことよりも、息子の幸せのほうを尊重するかもしれない。いや、智章には知らせずに、息子に説教をするくらいだ。価値観はむしろ、智章と共通しているかもしれない。

だとしたら、智章の言うことに耳を傾けてくれる可能性があった。

それに、と智章は暗く眼差しを落とした。現実的な問題もある。

日本に帰るといっても、智章一人でそれを強行したとして、怜の力で止められることは目に見えている。怜にはそれだけの力があり、一方、智章はまったく無力だった。

しかし、母親である直美の力添えがあったなら、怜といえども好き勝手にはできない可能性がある。虎の威《い》を借《か》るというのも男としてはみっともないところだが、それでこの泥沼に嵌まり続ける羽目になるのも愚かだった。

智章は怜を起こさないよう、そっとベッドから身を起こした。静かに寝室を離れて、身を整える。

時刻は四時を少し過ぎた頃合いだった。携帯電話と財布だけを持って、智章は怜のペントハウスを出た。

§第十二章

——ってか、なんでメキシコ……。

三ヶ月後、智章の姿はアメリカから——つまり、怜から離れた場所にあった。

元々は日本に帰国していたのだ。あの女優騒ぎのあと、智章は怜の両親を頼り、なんとか日本に帰ることができていた。

智章から話を聞き、怜の母親も父親もひどく恐縮し、繰り返し謝罪をしてくれた。その一方で、なんとか考え直してくれないかとも言われたが、怜との価値観の相違に、智章はもう耐えられなかった。

智章から見て、怜はおかしいと思うが、そのことを怜が理解する日はないだろう。智章のほうも、怜の価値観に合わせることは不可能だ。一緒にいても、泥沼に突き進むしかない関係を続けるなど無理だった。怜に対してまだ気持ちは残っているが、だからこそ耐えられないし、愛しているからこそ認められない。どんなに心惹かれていても、自分は怜と別の道を歩むべきだった。

最終的にはその考えを怜の両親も受け入れてくれ、智章が日本に帰国するのに手を貸してくれた。二人の助けがなければ、あんなに簡単に帰国などできなかっただろう。

帰国後の職も彼らは世話しようとしてくれたが、智章はそれを丁重に断り、東京から離れて、心機一転まったく別の土地に移り、そこでなんとか仕事を見つけた。

前職とはまったく違う、いわゆる現場系の仕事であったが、身体を使う仕事はむしろ今の智章には都合がよかった。余計なことを考えなくてすむ。夜勤を含めれば、前職の給料にギリギリ届く程度にはなる給与も、今後の人生を考えるとありがたかった。

両親――特に母親は、アメリカから帰国した智章が、まったく初めての土地に行って、改めて職を探したことをひどく心配してきたが、智章はひたすら「ごめん」と繰り返して、それ以上の説明を頑なに拒んだ。なにをどう言えばいいか、わからなかった。

すべては、自分の軽率なふるまいが招いたことだ。だが、自分と同性の怜とが恋愛関係にあったなどという話など到底できず、ただ黙り込むしかできなかった。

最終的には職も見つかり、淡々と働き始めたことで、父親や兄が母親を説得し、智章への追及を止めてくれた。父や兄などは、智章がアメリカでひどい挫折を経験したのかと思ったのかもしれない。男同士、こういうのは追及されたくないだろうと気を回してくれたのかもしれなかった。

それは大きな誤解であったが、事実を打ち明けることなどできるわけもない智章は、父と兄のその気遣いに申し訳ないと思いつつ、甘えさせてもらっていた。

そうして三ヶ月。智章は東海地方にある自動車関連の中小企業で、毎日油まみれになって働いていたのだが、現在その姿はメキシコにあった。会社で作っていた部品に不具合が発生したからだ。

通常なら、出荷した先の工場に行き、不良品の選別を行う作業をするのだが、今回の場合はそこからさらに先の工程として、国外まで部品が送られたことで、通常よりスケールの大きい選別作業の話になってしまったのである。つまり、メキシコまで選別のための作業員を派遣することになったのだ。しかも、期間は三ヶ月程度見込まれているらしい。

そのために選抜されたメンバーは五人。リーダー役として品質・検査グループのグループ長がつき、その下の四人には各部署の若手が一人ずつ出されたのだが、あともう一人がどうしても足らず、最終的に、入社したばかりで、数ヶ月抜けたところで（会社的に）たいした痛手のない智章が「行ってくれ」と頼まれたというわけだった。

しばらく外国は遠慮したい——しかも、アメリカの隣の国というのはちょっと……という智章であったが、仕事となると仕方がない。せっかく再就職できたのだ。

そういうわけで、智章は再びアメリカ大陸に足を踏み入れることになったのだった。

「おい、スーツケースを見つけたら、すぐに集合しろよ。メキシコは今、治安に不安があるから、勝手な行動は慎むんだぞ」

グループ長の言葉に、智章たち四人はそれぞれに返事をする。事前にざっと調べた限りでも、メキシコでは地元マフィアが警察と結びついているようなありさまで、撲滅《ぼくめつ》のために立ち上がった市長や警察関係者、その家族などが殺害される事件が相次いでおり、非常に危険なようだった。

会社からも、くれぐれも気をつけるよう厳重注意されている。どうやら、ホテルと工場の往復だけで、三ヶ月が過ぎそうだった。

それにしても、地方に就職したつもりであったのにメキシコとは、思ってもみなかった展開だ。

——はぁ……考えてみれば、製造業ってけっこうグローバルに展開してるんだったよな。

今や、中国や東南アジアに工場があるのは当たり前だ。さらには、北米・南米、ヨーロッパでも現地工場を操業している場合も多くある。智章の会社でも東南アジアに工場があり、数年おきに転勤する社員もいるそうだった。智章もいつか、そんなふうに転勤することがあるかもしれない。

商社とはいえ小規模で、海外転勤など考えられなかった前職とは大違いだ。

だが、どんな職種でも、働けるというのは幸せなことだった。

いくら贅沢ができても、飼われるよりはずっといい。そんな苦い思いが込み上げる。だが同時に、いつでも甘やかすように抱きしめてきた怜の腕の感触も思い出し、智章は小さく唇を嚙みしめた。思い出してはいけない。怜を愛しても幸せにはなれない。互いに世界が違いすぎて、ともにいることは無理だった。あれはもう、忘れるべき過去だ。

智章は自身に活を入れ、スーツケースを見つけるために、ターンテーブルに視線を向けた。

「ああ、素敵」

少し鼻にかかった吐息交じりの声で、目の前の綺麗にドレスを着こなした女性が感嘆の呟きを洩らす。その手には、怜の贈ったダイヤのピアスの箱が載っていた。

それを取り出し、女性はうっとりとした眼差しで一通り見つめると、甘えるようにねだってきた。

「ねえ、レイ。わたし、こんなにゴージャスなピアスに合うネックレスを持っていないわ。せっかくいただいたけど、つける機会がなさそう」

言外に、ネックレスも欲しいと要求する女性に、怜は内心うんざりしたため息を洩らした。

ピアスだけで五万ドルほどの価値があるプレゼントだ。相手は以前のラナと同様人気女優で、その程度のアクセサリーなど腐るほど持っている。にもかかわらず、貪欲にさらなる贈り物を要求する厚顔さに、怜はつい、今はもういない恋人を思い浮かべてしまう。

——まったく……智以外の人間は、強欲なハイエナばかりだ。

以前はまったく癇《かん》に障《さわ》らなかったのに、智章が去ってからはどうにも、セックスの相手のすぎた要求に苛立って仕方がない。目の前の女優とは、二、三度セックスを楽しんだ。下積みの苦労をしてスターダムに伸し上がっただけあって、テクニックはなかなかのものだった。身体のほうも、美容整形が行き届き、完璧な豊満さを維持する肢体だ。

もちろん、智章が去ってからの三ヶ月あまり、怜の相手となった人間は彼女だけではない。女優、歌手、モデル、キャスターといった花形職業の女性から、俳優、男性モデル、あるいはそれらの卵たちといった男性まで、欲求を解消する相手として様々な男女をベッドに招いてきた。それぞれに野心のある男女たちでもあったから、セックスの経験も豊富で、実に開放的に楽しめてきた。

であるのに、以前のように百パーセントの開放感で楽しむことができない。いつも、なにかしらの欠点を彼ら、彼女らから見つけてしまう。

原因ははっきりしていた。無意識に、智章と比べているからだ。

今だって、ギブアンドテイクの付き合いなのだから、高額な贈り物をねだられるのは当然の関係なのに、図々しいと感じている自分がいる。彼女は、五万ドルのピアスで満足するべきなのだ。

——智なら、こんな高価なプレゼントなど、絶対に受け取らないのにな……。

そんなことを思ってしまう。だが同時に、これほど大事に思っている怜から彼が逃げ出したことも思い出し、もう馴染みになった怒りが込み上げる。

自分一人の力では怜から逃げ出せないと判断したのか、智章は怜の両親を頼って、逃亡を果たした。父と母から厳重に制せられて、怜は智章を追うことができなかった。

もちろん、両親——特に、父と全面戦争をする覚悟をすれば、智章を追うことができただろう。

「これ以上智章くんに無理を強いるような、人の心がわからない人間には、トップは任せられないな」

とまで父は言いきったからだ。

父と全面的に争って、まったく勝機がないわけではない。『人の心』などと甘いことを言う父には、つけ込む隙がいくらでもあった。

だが、今この段階で財団内の権力闘争を勃発させれば、最終的に勝利を得られても、その間に競争相手に相当シェアが食い荒らされることだろう。たかが恋人を巡って、そこまで父親と争うなど、怜には愚の骨頂としか思えなかった。だいたい、この件がなければ、自分と父の間に妙な波乱はないのだ。ともに力を携え、イーストン財団をさらに成長させる戦略も見えている。

だから、そう。自分の決断は正当だ。智章を諦めたのは、企業人として冷静な判断であった。

普段の怜であれば、それで話は終わりであるはずだった。得ると決めたものに対しては火のように襲いかかるが、反面、損切りも早い。その切り替えの早さも、企業トップには必要な能力であった。

であるのに――。

気がつくと、怜は不機嫌に黙りこくっていたらしい。ネックレスをねだった女性が、不満そうに自分を見ろと訴えてきた。

「ねえ、どうしたの？　ネックレスはまた今度でいいのよ、レイ。今すぐ欲しいっていうわけじゃないんだから。それよりも……」

とテーブルの上から手を伸ばし、怜の手を握ってくる。

「早く部屋に行きましょう。あなたから誘いがあるのをずっと待っていたんだから」

スキャンダル誌にキス写真をすっぱ抜かせたラナがあっさり捨てられたことを知っている彼女は、図々しい部分はありつつも限界はわきまえている。もっとプレゼントをねだると同時に、セックスの悦びまで拒否する愚かさはなかった。だが、怜のほうがその気が失せている。

「いや、今日は食事だけで失礼しよう」

そっけなく、彼女の手をどかせて、立ち上がった。

「レイ……！」

自分の可愛いおねだりがそこまで怜を不愉快にさせたのかと、女性は慌てて立ち上がる。

それを制して、怜はさっさとレストランから立ち去った。

欲望の熱は渦巻いている。自分が淡白な性質《たち》だなどと、おためごかしを言う気はない。むしろ性欲は旺盛なほうで、智章だけでは足りずに、とっかえひっかえ遊んでいたくらいだ。

だが、今はその気になれない。

――まったく……いつまで智章を気にかけているんだ、わたしは！

いつものように切り替えのできない自分が腹立たしい。

たかが恋人ではないか。あんなもの、いくらでも替えの利く存在だろう。

そもそも智章は、便宜的に利用した存在に過ぎなかった。祖父に育てられた怜を、いささかロボットじみているのではないかと余計な心配をして、未だ熱烈な夫婦の自分たちのようになってほしいと、両親が結婚を勧めてきたのが始まりだ。それもけっこう執拗で、父などはあの性格だから、明るくも強引だった。結婚はいいぞ、などと両手を広げて訴えてきて、日々怜を悩ませた。

そのうち、必要上やむなく出席しているパーティーなどに様々な令嬢を連れてくるようになり、またその令嬢たちの中には本当に厄介《やっかい》な性格の女性などもおり、怜としては非常にまいったのだ。

こうなったら、両親が納得するような適当な恋人でも作るしかない。

その時、思い出したのが、智章との幼い日の約束だった。

『約束だよ。大きくなったら、結婚しようね』

『うん、約束』

それは、上手に話を作れば、実に両親好みのロマンチックな恋物語になれそうな素材であった。

また、試みに調べてみた智章の容姿がさほど悪くなかったことも、計画に勢いをつけた。二流の商社のサラリーマンであるならば、怜のゴージャスな見返りのある誘いにも、ほいほいついてくるだろうとも思った。もっとも、現実の智章はそう簡単ではなかったが。

だが、智章の難しさは、怜にとってはいい意味での難しさだった。だからこそ、偽りから本物の恋人に昇格させたのだ。そして、それに相応しい待遇を与えた。それらのどこが不満だったのか。

「クインシー、今夜は帰る」

「……かしこまりました」

驚きつつ、ロビーで待機していたクインシーが立ち上がり、すぐに携帯電話で運転手にエントランスに来るよう指示を出す。

しばらく待って、レストランのエントランスに停止した車に、怜は乗り込んだ。女性連れならば前方の助手席に乗っただろうクインシーも、あとに続く。

「明日の予定について、ご説明いたします」

仕事の話をしようとするクインシーを、怜は片手を振って遮った。

車は静かに、マンハッタンの自宅に向かって出発している。

「明日のことは明日でいい」

怜はそう言うと、目を閉じた。これからあの女優を相手にひとセックスすませるつもりであったのに、どうしてか疲労を感じていた。ストレス解消にはセックスが一番の薬であったのに――。

そんな怜に、クインシーがどこか心配そうな眼差しを送っていた。


翌日、怜はクインシーから、母とのランチの予定が入っていると知らされた。

「やれやれ、のんびり母とランチか」

そうぼやいた怜に、クインシーが申し訳なさそうに答える。

「昨日、お教えしておこうと思っていたのですが……申し訳ありません」

「いや、明日でいいと言ったのはわたしだ。どうせ母にねじこまれたのだろう？　我が家でも、母に勝てる人間はいない」

軽く笑って、怜は肩を竦めた。ただし、内心ため息はついている。

母がランチの予定をねじ込んだのは、怜がここのところなにかと理由をつけて、本邸訪問を避けてきたためだ。智章からどう話を聞いたのか知らないが、父も母も怜に対して腹を立てていて、その空気にうんざりしていた。とはいえ、だからといって避け続ければ、いずれは母がこういう手段に訴えてくることも考慮に入れておくべきだった。どうも智章が去ってから、調子が悪くていけない。

さて、母とのランチをどうやりすごすか。

そんなことを考えながら、ランチには少々遅れた午後一時半、怜は会社オフィスの入ったビルから程近い、母の指定したミッドタウンの老舗《しにせ》レストランに足を運んだ。

「悪かったわね。急に予定を空けさせてしまって」

すでに個室に入っていた母が、朗らかに怜を迎える。怜は苦笑し、肩を竦めた。

「お小言を言いたいのはわかっていますよ、母さん。でも本当に、最近はリード・コーポレーションとの合併話が佳境に入って、忙しいんだ。悪かったね」

「あらあら、先手を打ってきたわね。合併の話なら、お父さんから聞いているわよ。でも、今までのあなたなら、月に一度の会食くらい、スケジュールを空ける程度の要領のよさはあったじゃない。それ以外にもほとんど仕事を詰め込んでいるみたいだけど、しっかり休むのも仕事のうちでしょ」

相変わらず、口の減らない女性だ。怜の言い訳くらいちゃんと見抜いて、釘を刺してくる。

仕方なく、怜は一言呟いた。

「行きたくない理由は、わかっているでしょう」

「ええ、わかっているわ。わたしの息子が、案外馬鹿だってこともね。さ、お座りなさい」

観念して、怜は母親の前の席に腰を下ろした。頃合いをはかってウエイターがやってきて、怜は母親の分を訊きながら、注文をすます。

食前酒の軽いロゼを口にしながら、怜は淡々と降伏してみせた。

「今月からは、ちゃんと挨拶に行きますよ。それでいいでしょう?」

気は進まないが、こんなふうに呼び出されるよりはマシだ。少し顔を出してすぐに帰宅すればいい。

しかし、母・直美は「ちちち」と舌打ちしながら、立てた人差し指を左右に振ってくる。

「わたしの話を聞いていなかったの？　あなたを家に来るよう言うためだけに、無理にランチを捩じ込みはしませんせん。たかだか二ヶ月顔を見ない程度で息子を呼び出すほど、あなたを束縛する親ではないつもりよ。そうではなくて、わたしは、あなたを馬鹿だと言ったのよ、怜」

怜はため息をつく。直美はなにを言いたいのだ。家に来ないことへの叱責ではないのか。

「馬鹿、ですか」

「そうよ。どうして、いつまでもうじうじしているの？　いつものあなたらしく、智章くんのことなんてさっぱり忘れてしまえばいいじゃない。わたしやお父さんが、あなたをどう非難しようとも、ね」

母の勝手な言い草に、怜はムッとして眉間に皺を寄せる。

「あんなふうに勝手にわたしから智を奪っておいて、よくそんなふうに言えますね。それに、その言い方は間違っていますよ。それではまるで、わたしが智にひどく執着しているようではありませんか。うじうじなどしていませんよ」

実際は智章のことを未だに忘れ難く思っているのだが、母には意地を張って、怜はそう言う。

だが、ムッとした顔は本心を隠しきれておらず、直美に軽くいなされる。

「そんな顔をして言っても、無駄よ。まあ、人間らしくなったこと。智章くんのおかげね」

「……なにを言っているんですか、母さん」

人間らしくなったなどと、失礼な言い草だ。自分がなにに見えている。そもそも自分は、生まれた時から人間だ。

だが、母が言いたいのはそういうことではなかった。ふふふ、と笑い、目を細める。

「以前のあなたは、まるで精巧なコンピューターみたいだったということよ。経済活動に特化した、この上なく高性能なコンピューターね」

からかうようにそう言ったあと、ふっと笑みが消える。愛しげに息子を見つめていた眼差しが、テーブルに落ちた。

「……あなたがそうなってしまったことについては、わたしたちも責任を感じているわ。わたしも、父《チェスター》さんも……おじい様からあなたを取り戻せなかったこと、ずっと後悔していた。どうしてあの時、わたしたちの息子はわたしたちで育てると説得できなかったのか……。あなたには、本当に申し訳ないことをしたと思っているのよ。ごめんなさい、怜」

深い悔いを感じさせる母の言葉に、怜は口ごもる。両親のこういう謝罪は、いつも怜を困惑させた。

「なにを……言っているのですか。財団のために特別な教育を施《ほどこ》すのは、そうおかしな話ではありませんよ。わたしは、祖父のもとで生のビジネスの世界を見ながら育ったことを、悪いことだとは思っていません。むしろ、この年齢で我が家の主要企業の経営に関われているのは、祖父からの教育のおかげだと思っているくらいなんですから、悔やむ必要などありません」

「……でも、あなたはわたしたちに壁を感じている」

母の呟きに、怜はため息をつく。どこまで仲良し一家でなくては、気がすまないのだろう。ある種のドライさがあった祖父と、熱烈な恋愛結婚の両親では、まったく真逆の価値観を持っていた。

祖父に育てられた怜は、当然祖父のほうに感覚が近い。

だがそれは、言ってみれば単なる性格の不一致だ。他の兄弟姉妹たちと違って、怜が家族に対して一線を引いているからといって、内面の感覚の違いにまで口を出されるのは勘弁してほしい。

しかし、そう言えば、母は傷つくだろう。苦笑を浮かべ、怜はテーブル越しに母の手を握った。

「壁なんて感じていませんよ、母さん」

「いいえ、あるわ。今もけして、本心を打ち明けていないでしょう？　狎れ合えと言っているのではないのよ。ただあなたに、心を取り戻してほしいだけ。――智章くんが忘れられないのでしょう？

今までのように、新しい相手で憂《う》さを晴らすことができないでいるのでしょう。それはね、少しもおかしなことではないのよ。人間なら、誰にでもあることなの。怜、それを恋と呼ぶのよ」

怜は、母から手を離そうとした。だが、逆に母に強く手を握られてしまう。

「……母さん、放してください」

これ以上、この会話を続けたくなかった。胸の奥がもやもやと疼いた。

直美が、一心に息子を見つめる。

「忘れられるわけがない。他の人間で埋められるわけがない。恋は、そんな簡単なものじゃないのよ、怜。聞いて！　恋は削除できないの。愛する心は、コンピューターのように簡単に消すことなんてできないのよ。この三ヶ月で、そのことがわからなかった？　だから、あなた今、そんな人間らしい顔をしているんじゃないの？　いつものポーカーフェイスが消えているわよ、怜。感情的で……日本にいた頃のあなたみたい。智章くんと離れることになって、泣いていた頃の」

思わず、怜は母親から顔を背けた。自分でも、眉間に皺が寄っているのがわかる。いつも家族に向けている穏やかな微笑を取り戻そうと焦ったが、うまくいかなかった。

苛立ちが消せない。母親といえども、怜の心のうちに入り込む発言が無視できなかった。

「誰のせいで……」

怜は呻く。誰のせいで、智章が怜のもとから逃げたと思っているのだ。母が——両親が手助けしたから、逃亡後も怜は手を出すことができず、むざむざと智章を逃がしたのではないか。

それを今になって、なにを言っている。

「あなたがわかっていなかったからよ。恋も遊びも、あなたはいっしょくたにした。そうして智章くんを傷つけた。あなたが自分以外の人間と寝て、智章くんはどう思ったかしら」

「そんなこと……！　あれはただの遊びですよ。智とは全然違う」

苛々と、怜は言い返した。特別扱いをしていた智章と、一時の遊び相手とはまったく違う。そんなことは説明するまでもなく、当たり前のことではないか。しかし、直美は引き下がらない。

「それなら、どうして謙からのアルバイトを許さなかったの？　謙はあなたの弟よ。その弟からの紹介なら安心だし、智章くんだって働きたがっていたのに、どうしてあんな強引に辞めさせたの」

そう言ったあと、わざとらしくふと思いついたように声を上げる。揶揄するように、その口元はわずかに笑みを浮かべた。

「ああ、もしかして妬いていたの？　謙のお友達……ラルフって言ったわよね。彼はとっても素敵な青年ですものね。優秀な弁護士で、警戒心が強いようなのに智章くんに財布を預けていたって聞いたわ。智章くんもとても、楽しんで働いていたようだし。――もしかしてあなた、智章くんがラルフと一回くらいは寝てしまうかもって、嫉妬したの？　でも、遊びならかまわないんでしょう、あなたは」

「そ……っ」

それくらい平気だと、怜は返そうとした。たしかに、自分の感覚で言えば、智章が誰と寝ようとも、本命が自分でさえあれば問題はない。今までの数限りない遊び相手たちにだって、そういう意味での貞節など求めなかった。だが、他の誰もに許せても、智章が同じことをしたら……許せない。

――いや……いや、そんなのはフェアじゃない。

自分が遊んでいいのなら、また他の相手たちにも許すなら、智章だって遊ぶ権利がある。智章にだけ貞操を守れだなんて、それはフェアな主張ではない。そうわかっているのに、言葉が出ない。

なぜ、自分はラルフのところのアルバイトを禁止したか。

どうして、自分の側でしか働かせたくなかったか。

――それは……智の安全のため……。

そう呟く内心の声は、力なかった。安全のためなどではない。それよりももっと感情的な、反射的に飛び出てくる理由。智章に、怜以外の人間を気にかけてほしくない――。

「智、も……同じように……感じていた……のか……」

気がつくと、言葉が口を衝いて出ていた。直美が苦笑していた。

「鈍《にぶ》いわね。やっとわかったの？　人は機械じゃないのよ。誰にだって心がある。そして心は、自分自身にすら制御できない時があるのよ」

直美の指摘に、怜は押し黙った。逃げた智章を切り捨てられなかった。忘れてしまえばいいのに、折に触れては思い出し、怜をイラつかせた。

母の言うとおりだ。自分で自分の心を制御できていない。この制御できないことが――。

怜は唇を嚙みしめた。智章は特別だ。正真正銘、あらゆる意味において特別だったのだ。

なぜ、そのことに今の今まで気がつかなかったのか。智章が、怜以外の人間と寝るかもしれないという言葉だけで、こんなに腹の奥底から怒りが込み上げてくるというのに。

そして、これと同じ思いを――もしかしたらそれ以上かもしれない苦しみを、自分は智章に与えていた。智章が逃げたのも当たり前だ。やっと、智章の苦悩を怜は理解する。

これが、他者を好きになるということなのだ、と。恋するということなのだ、と。

「智は……今……」

「日本で働いているわ。以前とは別の会社に就職したみたいよ」

それから、直美はクスリと笑って、バッグからなにか紙片を取り出した。

「さて、なんというラッキーかしら。今、智章くんは、仕事でメキシコにいるそうよ。日本に行くよりも、とっても近いわね、怜」

怜は受け取ったメモをじっと凝視した。メキシコ中西部、ミチョアカン州にある日系自動車メーカーの工場だ。ここに、智章がいる。

思わず、怜は立ち上がっていた。だが、そこで凍りつく。今さら行ったところで、自分は智章になにを言うつもりだ。戻ってきてほしいと懇願して、そして……？

いや、智章が許すわけがない。あれほどに彼を——彼の心をないがしろにした怜を、許してくれるわけがない。許せないから、智章は逃げ出したのだ。

「——どうしたの？　行かないの、怜」

母が怜に問いかける。怜は力なく首を横に振った。

「行けるわけがない……。わたしは、智にひどいことをしてしまった……」

「あなたの人生には智章くんが必要なのに、そんなに簡単に諦めるの？　智章くんは、あなたへの愛情から、日本でのすべてを捨てるほどの勇気を見せてくれたのに？」

母の指摘に、怜は動揺の眼差しを向ける。直美はじっと、息子を見つめていた。

「彼にとって、日本のすべてを捨ててあなたについてきたことは、あなたが思うよりもずっと重い決断だったはずよ。わたしもとても迷ったもの。お父さん《チェスター》と結婚することを。生まれ育ったのとは別の国で暮らす決断は、とっても大変なことよ。智章くんは、あなたのためにそれをしたの。国も、それからあなたとの立場の違いも、受け入れるために智章くんはたくさんの譲歩をしたはずよ。智章くんはやさしいから……。でも、それだけが理由じゃない。あなたを愛したからよ。あなたを好きだから、努力したの。――あなたは、智章くんのために踏ん張ろうとは思わないの、怜」

怜は拳を握った。智章はきっと、怜を拒むだろう。今さら怜を受け入れることはないだろう。それなのに、メキシコまでのこのこ会いに行くだなんて、愚劣《ぐれつ》の極みだ。以前の怜が、そう囁く。

だが一方で、感情を剝き出しにするもう一人の怜が叫ぶ。泣いて縋っても、智章が欲しい。智章でなくては、この胸の穴は塞げない。

いや、違う……違う、そうではない。智章を愛している。ただ……愛している。

「母さん、わたしは……」

「行きなさい。その程度の時間も作れないほど、わたしの息子は無能ではないでしょう？」

「すみません。ありがとうございます」

怜は母に頭を下げた。目の前の女性を母親なのだと初めて実感する。それは、祖父のもとに引き取られる前にはちゃんとわかっていた感覚だった。けれどそれ以降、ずっと失われていた感覚だった。

「ランチ、お付き合いできなくて、すみません。この埋め合わせは、また今度」

「いいのよ。ここでランチを食べてからなんて言われたら、いよいよあなたを殴っているところよ」

ふふふと笑い、母が軽く手を振って怜を送り出す。怜はもう一度頭を下げ、個室を足早に出た。

その直後、ウエイターが注文したランチを運んでくる。直美はにっこりと微笑んだ。

「ごめんなさい。一人、急用で帰ってしまったの。その分、包んでくださる？」

二十年以上のセレブ生活が過ぎても、直美の『もったいない』感覚は未だに健在なのだった。

§第十三章

「……違うものが食べたい」

思わずと言った調子で出た同僚の呟きに、智章はつい頷いた。

「だよね」

メキシコ料理に不満があるわけではない。だが、毎日工場とホテルの往復で、朝夕の食事はホテル、昼はケータリングの毎日にいささか舌が飽きてきている。

それに、いくら智章たち若手が二十代の人間ばかりといっても、ひと月近くもこの生活が続けば、がっつりメニューばかりでなく、さっぱりメニューもいいかげん恋しくなる。

「ってか、おにぎりと味噌汁でもいい、オレ」

別の同僚がそうぼやいた。これまた同感である。

「おにぎりと味噌汁、いいよなぁ」

「そう言えば岡崎《おかざき》さん、血糖値がどうとか、コレステロールがどうとかブツブツ言ってたぞ」

岡崎というのは、智章たち一行のリーダーである品質・検査グループのグループ長だ。一人だけ四十代で、少々肉のついた体型が気になる年齢だ。メキシコ料理は美味しいのだが、日本での食事と比べると少々味が濃いし、油も使っている。そこが四十代の岡崎には気になるのだろう。

「あと二ヶ月だよな、これ」

智章もつい、ため息をついた。日本食が恋しくなるかもしれないと、それぞれレトルトのおにぎりやご飯、味噌汁などを持ち込んでいたが、とっくに食べてしまっている。もっとたくさんスーツケースに入れてくれればよかったと後悔しているくらいだ。

思えば、この種の不満はなかったな、と智章はふと思う。怜との暮らしのことだ。

怜の掌の上で飼われているような毎日だったが、生活上の細々とした不満はほとんど感じなかった。

食事も、智章を気遣ったのか和食が多かったように思う。

——ダメだって。なに馬鹿なことを思い出してるんだよ。

思わず懐かしむような感覚を覚えてしまい、智章は自分を戒めた。

不満が出ないのも、ある意味当たり前ではないか。怜はとんでもないセレブで、金持ちで、あんな贅沢な暮らしなんて普通はありえないのだから。

けれど同時に、怜のやさしい腕も思い出してしまい、智章は気分を暗くさせる。

やさしくて、情熱的で、怜はほぼ理想の恋人であった。ただし、その感覚がまともなら。

そう。怜の恋人は、智章一人ではなかった。たしかに特別扱いはしてくれていたようだったが、同時期に別の人間とも付き合っていた。正確には、付き合うというよりも、単にセックスを楽しんでいただけのようだったが。怜にとって、少しいいなと思った相手と寝てみるのはごく普通のことで、裏切りでもなんでもなく、純粋な楽しみの一環に過ぎなかった。

もし、智章がその価値観を受け入れることができたなら、今でも怜の側にいられただろう。

だが、智章にとっては理解しがたい感覚だった。恋人がいるのに、別の人間とも寝てみたいだなんて、考えられない。智章からしてみれば、怜が愛だと言うものは、とても愛に思えなかった。単に、他の遊び相手よりは気に入っている、程度にしか思えなかった。

どうしてあんなことになったのだろうと、智章はこの三ヶ月、何度も思った。怜はまるで異世界の人物のようで、最後には智章の心はグチャグチャになっていた。

怜はきっと、あのまま一生を送るだろう。気に入った相手と寝て、もう少し気に入った相手は飼って、たぶんそれで満足なのだろう。もしかしたらそれが愛なのだと、そう思い続けるかもしれない。

そういう人もいるのだろう、きっと。智章から見れば、怜のそういった愛は愛ではないように思えるが、怜自身が不足を感じないのならば、それはそれでありなのかもしれない。

世の中にはいろいろな人がいて、ひと頃話題になった本には、『良心をもたない人たち』などというものもあった。それによると、二十五人に一人は、良心というものをほとんどもたずに生きているらしい。それと同じで、愛情にもいろいろな形があるのかもしれない。

その愛情の形が、智章と怜では一致しなかった。ただそれだけのことなのだ。

怜を思い出すたびに、智章は何度も、自分にそう言い聞かせた。怜を嫌いになったのではない。ただ、怜の思う愛情の形に、自分は耐えられなかったということだ。

どちらが悪いということではない。怜が不実のように見えるが、単にあれは怜の価値観に過ぎない。怜自身には、智章を裏切っているという自覚すらなかっただろう。

そんなことを思いながら、智章は同僚たちとの、もう食べ飽きた夕食を終えた。

「あ〜あ、部屋でもうひと飲みするか？」

「いいんじゃね」

「あ、オレ、部屋でゲームするわ。あともうちょっとでクリアなんだよ」

「森島はどうする？」

「う〜ん、オレは……」

迷いながら、智章が答えようとした時だった。見覚えのある姿に大きく目を見開いた。

「あ……！」

その声に、別のレストランから出てきた男が智章に気づく。

『トモアーキ、こんなところでなにしているんだ？』

『あの、ラルフこそ、どうしてメキシコ？』

相変わらずたどたどしい英語で、智章はその男――ラルフ・アンダーソンに話しかけた。怜によって無理矢理辞めさせられたアルバイトの雇い主で、謙の友人の男だった。仕事でここに来ていたのか、一緒にレストランから出てきた相手に別れを告げると、ラルフは智章へと歩み寄ってくる。

英語での会話に、同僚たちが驚いていた。

ラルフは苦み走った微笑に似たものを口元に浮かべ、智章に話しかける。

『仕事だ。メキシコの企業と、うちの事務所が顧問弁護士を務めている企業が取引をすることになってな。その最終調整で、ここに来ている』

『あ……う……弁護士の……仕事。オレも仕事、です。今、日本で働いています。その仕事で、メキシコに来ました』

切れ切れに聞き取った会話から、智章はなんとか返事をする。

『あれから日本に帰ったのか。急に仕事を辞めたから、なにがあったのか心配したぞ。って、俺の言うことがわかるか？』

『あー……わかる。あなた、オレを心配してくれた。いきなり辞めたから。OK？』

『そう、そのとおり。立ち話もなんだから、一杯どうだ？　最上階にバーがある』

『最上階のバー……。わかった。オレも、あなたに謝りたかった』

頷き、智章はラルフの誘いに同意した。同僚を振り返り、知り合いだと説明する。

「ごめん。前の仕事の時の知り合いなんだ。ちょっと話してくる」

「そっか。こんなところで会うなんて、すごい偶然だな！　けど、おまえ英語が話せるんだなぁ。すげぇじゃん」

「いや、全然話せてないから。片言《かたこと》だし」

誤解されてはたまらないと、智章は慌てて手を振って否定する。

しかし、同僚たちには流暢な英語に聞こえていたようだった。

「めっちゃ英語っぽい発音だったじゃん。すげぇよ」

感心したように肩を叩かれ、智章は首を竦めた。本当に片言なのだが、どう説明したものか。

しかし、とりあえず笑って誤魔化し、智章は同僚たちと別れた。

振り返って、ラルフにぺこりと頭を下げる。彼にはひどい不義理をしてしまった。

『ごめんなさい。挨拶しない、急に辞めた。迷惑かけた』

『いや、ケンから事情は聞いている。家族にアルバイトを反対されたそうだな』

『家族……。ごめんなさい……』

複雑な心境で、智章は呟いた。どうやら謙は、ある程度ぼかして事情を言ってくれたらしい。まさか、自分の兄と智章が付き合っていたなどと言うわけにもいかなかったのだろう。

『今は、どこで働いている。日本にいると言ったな』

問いかけながら、ラルフが智章をエレベーターホールへと促した。頷き、智章は口を開く。

『はい、今は日本で働いています。えーと、自動車、作ります……あれ？　違う。自動車……関係の仕事。あー……工場で働く』

『なるほど。アメリカではもう暮らさないのか？』

『はい。英語、難しい』

『ふん……だいぶ話せていると思うが？　それに言葉よりも、トモアーキの仕事の丁寧さを、俺は気に入っていた。誠実な仕事ぶりだったし、そのほうがずっと重要だ』

『あー……ラルフ、えっと……褒めてくれた。ありがとう』

あまりにストレートな言葉に、智章はつい頬が赤くなる。日本ではこんなふうに人を褒めることがないから、久しぶりのアメリカ人らしいストレートさに少々照れくさかった。

だが、ラルフのほうは言い慣れているのか、依然としていつもの渋い顔だ。そんな顔で、「今の仕事は気に入っているのか」などと訊いてくる。

『はい、気に入っています。毎日頑張って、働きます』

智章は小さく頷きながら、答えた。もっとも、一番の理由である、自分で自分の身を養うことができるという言葉は、心のうちだけに留《とど》めた。言えば、謙よりも年上の身で、どうやってアメリカで暮らしていたのか説明しなくてはいけなくなる気がする。

――怜に養われていたなんて、言えないよな。

心中で苦く自嘲した。あの時の暮らしは、養われるというよりも、囲われると言ったほうが正しい暮らしだった。怜の感覚では違うだろうが、智章の感覚ではそうだった。そんな情けない話を、謙の友人にできるはずがなかった。

やがてやってきたエレベーターに、智章はラルフと乗り込んだ。最上階のバーでしばし時を過ごす。ラルフとの会話は片言のたどたどしさだったが、ラルフがうまく合わせてくれて、この一ヶ月の代わり映えのしない日々にちょうどいいアクセントを加えてくれるものだった。

ほろ酔い気分で会話を楽しみ、適当なところで切り上げる。

ラルフは別のホテルに宿泊しているということで、見送るために智章も一緒にロビー階まで下りた。

『今日は、久しぶりに会えた。楽しかったです。謝れたの、よかった』

『気にしなくていい、トモアーキ。もっとも、俺は優秀なハウスキーパーを失って残念だったが』

渋い表情に、わずかに笑みが浮かぶ。小一時間会話して、どうやらそれがラルフの通常の笑みらしい、と智章にもわかってきた。フレンドリーとは真逆のタイプだが、理解できれば悪くない。

智章は満面に笑みを浮かべ、礼を言う。

『ありがとう。最後までちゃんと勤めたかっ……あっ！』

思っていたよりも酔っていたのか、なんでもないところで足がつっかかる。

転びそうになった智章を、ラルフがすんでのところで抱き留めた。

『大丈夫か、トモアーキ。顔が赤い。けっこう酒に弱いんだな』

『ごめん、なさい。ああ、びっくりし……』

その時だった。

一瞬、智章の耳からすべての音が消えた。

「智……」

青褪めた顔が、エントランスの入り口から智章を凝視していた。どうして。なぜ、彼がここに。

ラルフに支えられていた智章の身体が、よろめいた。

『どうした、トモアーキ』

ラルフが驚いたように、さらにしっかりと智章を支える。その腕に、智章は知らず縋りついていた。

「怜……」

ただその言葉だけが、唇から洩れた。

『レイ？』

智章の呟きに、ラルフが入り口へと視線を向ける。その目がわずかに驚いたように見開かれた。

『チェスター・レイ・イーストンじゃないか。どうして彼がここに……？』

ここはいいホテルだが、怜クラスの桁外れのセレブが利用するほどのホテルではない。そこに怜が現れたことに、ラルフは驚いているのだろう。

しかし、智章はそれどころではなかった。もう三ヶ月が過ぎているというのに、怜の姿を目にしてガクガクと身体が震える。胸が切なく高鳴り、反発と同じくらいの愛しさが溢れた。彼とは、住む世界が違うのに。

ツカツカと歩み寄った怜が、ラルフに支えられている智章の腕を取る。その口から出た言葉は、非情だった。

「……もう次の相手がいたのか」

「ちが……っ！　ラルフとは偶然会って……っ」

日本語でのやりとりに、ラルフが軽く首を傾げている。

妙な誤解をされてはラルフにも迷惑がかかると、智章はラルフの腕を押しやり、なんとか背筋を伸ばした。

と同時に、ムラムラと怒りが込み上げる。自分は不特定多数の相手と遊んでいたくせに、もう恋人ではない智章の私生活を責める権利があると思っているのか。自分は怜とは違う。

冷たく、智章は怜を拒絶した。

「――おまえとオレを一緒にするな。オレはおまえみたいに軽い人間じゃない。ラルフとは偶然会っただけだ。信じる信じないは、おまえの勝手だがな」

そう言い放った智章に、怜がグッと唇を引き結ぶ。握った拳の関節が白く震えていた。

だが、なにか言い返すかと覚悟したのに、怜はなぜか顔を背ける。しばらくして、食いしばった歯の隙間から零れ落ちたのは、謝罪だった。

「……すまなかった。おまえがラルフに抱きしめられているように見えて、頭に血が上《のぼ》った」

不本意そうに、けれど、それは明確な謝罪だった。

智章は意外な思いで怜を見つめた。どこか、今までの怜と違う印象があった。なにが違うのだろう。

だが、と智章は思い返す。今さら怜がどう変わろうと、智章には関係ない。

ぎこちなく、智章も視線を逸らせた。

「わかってくれたなら、いい……」

気まずい沈黙《かいま》が落ちた。怜と話すのは苦痛だ。まだ、こんなにも智章の心をざわつかせる。

チラリと垣間見た怜は、相変わらず他者の心を騒がせる華やかな男だった。明るいライトブラウンの髪も、その下の東洋と西洋が絶妙に混ざり合った男らしい整った鼻梁も、なにもかもが恋した頃そのままの端正な男だった。いや、少しやつれたようにも見えるか……。

気のせいか、以前の洗練された印象よりもわずかに、荒れた雰囲気が感じられるような気がした。

怜が拳を握り、また思い返したようにそれを開くと、苛立たしげに髪をかき上げる。その仕草も、以前と比べると男臭い荒々しさが加わっている。

と、ラルフが軽く咳払いをした。智章はハッと、我に返る。いつの間にか怜に目を奪われていた自分に気づき、忌々《いまいま》しさに再び顔を背けた。

『なにかいざこざがあるなら、相談に乗ろうか、トモアーキ』

怜の荒れた雰囲気に危険を感じ取ったのか、ラルフが庇うように、智章の一歩前に出る。

そんなラルフを、怜がまた射殺すようなきつい眼差しで睨んだ。

『これは、わたしとトモの間の問題だ。君には関係ない』

『しかし、トモアーキはあなたと話をしたくなさそうだ。友人として、見過ごすことはできない』

『友人?』

不快そうに、怜の片眉が上がった。ブルーブラウンの瞳が、冷ややかにラルフを睨《ね》めつける。

なにがそんなに不愉快なのだろう。智章はため息をついた。怜はいつもこうだった。自分は勝手気儘にふるまうくせに、智章のことは束縛しようとする。別れてなお、いったいなにがしたいのか。

たどたどしい英語で、智章は会話に参戦した。

『レイ、ラルフに怒る、よくない。ラルフは親切。あー……それより、レイ、なにしに来た。仕事?どうしてここにいる』

『仕事ではない。トモに会いに来た』

憮然として、怜が答えた。

智章はますます眉をひそめる。どうして怜がこんな場所にとは思っても、よもや自分に会いに来たなど夢にも思わなかった。自分たちは三ヶ月も前に別れたのだ。そのあとも、怜とはまったく連絡を取らなかった。怜も智章に連絡を取ろうとしなかった。

それが今になって、しかも、メキシコに現れるなんて信じられない。

『……嘘』

思わず、智章はそう口にしていた。

ほぼ深夜に近い時間で、ロビーはシンと静まり返り、人影もほとんどない。とはいえ、ゼロではない。怜だけでなく、ラルフも堂々とした人目を引く男だったし、ロビーで待機している従業員や、時に行きかう客などがチラチラと三人に視線を向けていた。

いつもの怜なら、立場上、この種の視線にもう少し敏感なはずだった。だが今夜は、まるで気づかないのか、あるいは気にならないのか、人目も憚らず智章を見つめてくる。ただの友人というには熱すぎる眼差しで。

『嘘じゃない。トモに会いたかった。トモに会って、わたしは……！』

怜が一歩、智章に歩み寄る。怖い――。

わけのわからない恐れを感じて、智章は我知らず後退った。

と、その肩をラルフが抱いた。

『イーストン、それ以上、トモアーキに近づくな。トモアーキにはもう、恋人がいる』

『え、ラルフ……⁉』

いきなりとんでもないことを言い出したラルフに、智章は慌てて彼を見上げる。ラルフは厳しい顔つきで、怜を見つめていた。怜がハッとラルフを睨む。

『やはり、おまえたちは……』

『このまま大人しく帰ってくれないか。トモアーキを怯えさせたくない。あなたの気持ちはわかったが、トモアーキはそれを望んでいない。わかるだろう?』

怜は怒鳴るかと思った。怒気をラルフに叩きつけ、智章を強引に奪うかと思った。それほど、ラルフの言葉に怜の怒りが燃え上がるのが、智章には見えた。

けれど、怜はひとつ大きく息をし、またもうひとつ息をついた。拳を握る。それが怒りに震えている。だが、罵声は飛び出ない。代わりに、こらえた激情に赤く充血した目で、智章を見つめた。もう一度、大きく深呼吸をする。それを、智章はラルフに肩を抱かれたまま、凝視していた。

こんな怜は見たことがなかった。こんなに感情を露《あら》わにして、けれど、これほどまでに激情を抑える怜を、智章は初めて見た。怜がぎこちなく笑みを作るのを、智章はじっと見つめていた。

「智、わたしは……」

日本語で言いかけ、しかし、ラルフにもわかる言葉のほうがいいと思い直したのか、怜はすぐに英語に改める。

『トモ、怖がらせようとは思っていない。ここには……謝りに来た。わたしはひどい恋人だったな。人を愛するということを、少しも理解していなかった。……わたしの言うことがわかるか、トモ』

『……わかる』

智章が理解できるように、平易な英語で話してくれる怜を、智章はじっと見つめていた。

謝罪——。

信じられない言葉だった。あの怜が、智章に謝罪するだなんて——自分のなにが智章を傷つけたのか理解するなんて、信じられなかった。

智章の返事に、怜が小さく頷いた。

『すまなかった。そのことを……伝えたかった。——トモ、幸せに。ラルフ、トモのことを頼む。トモは愛されるべき素晴らしい人間だ。どうか、幸せにしてやってほしい。わたしのように、トモを泣かせないでやってくれ』

そう言うと、智章たちの返事を待たず、踵《きびす》を返す。そのまま、怜は智章たちから離れていった。

智章は呆然と、その後ろ姿を見つめていた。怜の言葉が信じられなかった。謝罪と、それから、幸せを願う言葉と。それは、智章が知るどの怜とも違っていた。

『——いいのか、トモアーキ。咄嗟に、こうしたほうがいいかと恋人のふりをしてみたが、本当に彼とは終わりでいいのか?』

『あ、ラルフ……』

ぎこちなく、智章はまだ肩を抱いているラルフを見上げた。いつから、彼は智章と怜が付き合っていたことを知ったのだろう。知らないふりをしてくれていたが、本当は最初から謙に聞いて知っていたのだろうか。

『オレたちのこと……ケンから聞いた……?』

『いいや、ケンは他人《ひと》のプライヴェートを簡単に話す男じゃない。さっきの、彼のあの目で悟った。

「レイはトモアーキを愛しているんだな。トモアーキは？　俺と付き合っていると誤解させたままでいいのか？』

ラルフの問いに、智章は無言だ。返す言葉が見つからなかった。怜の愛と、智章の愛は、ずっとすれ違っていた。智章の思うような愛を、怜はずっと理解しなかった。だが、さっきの怜は――。

『……ラルフ、レイは……本当に、オレを愛してる？　そう思う？』

自信がない。あんな怜は、智章の見る初めての怜だったが、かつての怜の愛を信じてしまったのも智章だった。またすれ違っていたら、どうしよう。智章の考える愛を理解してくれたのだと誤解していたら、また傷つくことになる。しかし、ラルフの返事は即答だった。

『愛しているだろう。ナチュラルに傲慢な男だとケンからは聞いていたが、その傲慢な男があんなに悄然としているのは、自分には演技に見えなかったな。弁護士として、多くの人間を見てきた経験からの意見だ』

怜の背中が、ガラスの自動ドアの向こうに消えていった。

傷つくのは、もういやだった。愛していたから、怜の価値観を受け入れられなかった。

だが、さっきの怜が本物だったとしたら――。

「怜……！」

怜の姿はもう見えない。もう間に合わないかもしれない。だが、智章は追いかけようとした。

その時だった。一発の銃声が響いた。

「……怜！」

無我夢中で、智章は銃声のした方向――つまり、怜が出ていったばかりのホテル外へ駆け出した。

§第十四章

必死に虚勢を張り、背筋を伸ばしていたが、心はわめき出しそうだった。

母は、怜を馬鹿な息子だと言ったが、そのとおり、自分は愚かだと怜は思った。自分の心がどの方向に進んでいたのか理解しようともせず、ただ苛立つばかりの三ヶ月を過ごしてしまったことが悔やまれてならない。

なんでも割りきれると思っていた。手に入らないもののためにいつまでもくよくよと思い悩むことは愚かなふるまいで、心を即座に切り替えられる自分を企業人として当然のあり方だと思っていた。

実際、その切り替え、判断の速さが、企業トップとしてはプラスに働いていた。

だから恋も、己の意思のままに操れると当たり前のように思っていた。意思で操れるような想いなど、恋とは言えないのに。

今まで自分が恋だと思ってきたものが、どれだけ表面上だけのものだったことか。智章に去られ、直美に指摘されて、怜はやっとそのことを理解できた。

なぜ、勝手に逃げた智章に、いつまでも腹を立てていたのか。

どうして、新しい恋に——または遊びに、気持ちを切り替えられなかったのか。

その、ままにならない想いこそが恋なのだと、怜はずっと知らなかった。知ろうともしなかった。

だが、気づいた時には、もう遅かった。智章は傷つき、その心を癒す相手を見つけていた。

——ラルフ・アンダーソンか……。

智章のアルバイトを発見したあとの調査で、彼がなかなか気難しい男だということを聞いていた。

友人は少なく、誰にでも心を開くようなタイプではないとも聞いた。メイドに対しても、一度盗みを働かれたことから警戒心を強く持ち、謙の勧めで智章を雇う時も渋々であったらしかった。だが、最終的には智章に信を置き、財布を預けるまでになった。

そんな彼だから、急に辞めた智章のことも気にかけていたのだろう。気にかけて……そして、怜よりも早く智章の美点に気がついた。ラルフのような気難しい男は、親しくなるのに時間がかかるが、その分、ひとたび懐に入れた人間には情が深いものだ。その情の深さで、怜によってつけられた智章の傷を癒したのだろう。胸が苛立つ。忌々しくてならない。

だが、先に智章を傷つけたのは、怜だった。それもただ傷つけただけではない。愛もないのに愛を囁き、真っ直ぐな智章の心を騙してその愛を手に入れ、玩んだ。その事実までは智章もまだ気づかずにいてくれているかもしれないが、だからといって怜が卑劣であった事実を消せるわけではなかった。

しかし、と怜は苦笑する。智章に許され、再びその愛を得たいなどという贅沢は望んでいなかったはずなのだが、いざラルフという新しい恋人の存在を目にすると、心が荒れ狂う。本心では、許され、愛されたかったのだと思い知らされる。なんて身勝手な男なのだろう。あれだけのことをしておいて、まだ智章が自分を愛してくれるのではないかと期待していたなど。

己の愚かさを自嘲しながら、智章の愛を得たラルフに対して嫉妬の念が込み上げる。

それをなんとか、怜は押し鎮《しず》めようとした。自分に嫉妬する権利などない。智章の愛を玩具《おもちゃ》にした自分には、ラルフを憎むことすら僭越だった。

だが、そう己に言い聞かせても、苦しい。苦しくて苦しくて、叫び出したくなるほど、胸狂おしかった。

「タクシーを」

ホテルを出ながら、ドアマンに依頼する。強引に時間を作ってメキシコに飛んできたため、仕事の対応に、秘書のクインシーをニューヨークに残してきてあった。そのため、珍しく単独行動だ。深夜のことで、タクシーが来るまで少しだけ待ってほしいと頼まれた。

それに頷き、怜はスーツのポケットに手を入れて、ぼんやりとタクシーが来るのを待った。

今はなにもしたくなく、一刻も早くニューヨークに戻りたかった。仕事に没頭すれば、少しは智章のことを考えずにいられるだろうか。そんなことを思う。

三ヶ月前、怜のもとから逃げ出した時、智章もこんな気持ちだったのだろうか。訴えても訴えても理解しようとしない怜に絶望し、思いつめて去ることにしたのか。

「馬鹿だな、わたしは……」

日本語で呟く怜に、側にいたドアマンが訝しげに視線を向けたが、怜は気づかず、心のうちに没頭する。弱みを見せるな、と祖父は言っていた。胸のうちを明かすなど弱い者のすることで、トップに立つことを約束された人間には許されないと。

十三歳になると女性を与えられ、セックスを教えられた。肉体の悦楽に溺れないようになるために。恋をしてもいいが、その感情はせいぜい三年もてばいいほうだとも言われた。科学的に言って、そういうふうに人間はできているのだと説明されもした。

そのとおりだと、怜も納得した。たしかに両親は仲のよい夫婦だったが、周囲を見回せばそんなカップルは稀で、どんなに熱烈に愛し合っている二人でも、泥沼の離婚劇を演じることはよくある話だった。三度も四度も結婚する人間など、怜のいた環境では普通だ。

結論から言って、長続きする愛を手に入れる人間はめったにいないと怜は思った。そして、めったにないもののために一喜一憂するのは時間の無駄だと考えた。

祖父の教えは、ある一面では間違っていなかったと思う。女性――あるいは男性――の恋人に振り回されて、財産を浪費する人間は少なからず見てきたから、恋愛に対してドライな感覚を持つことを教えるのは、イーストン家の財産を守るために必要なことであっただろう。

だから、怜は今のこの現状を祖父のせいにする気はない。祖父の教えではあったが、それを是《ぜ》として受け入れたのは怜の責任だった。今でも、軽はずみな恋愛は身を滅ぼすもとだと思っている。

だが、と怜は今は亡き祖父に心中で語りかけた。

――父にとっての母のような存在を、わたしは見つけてしまった……。

智章は怜を堕落させない。智章は怜を騙さない。智章は怜を利用しない。

利用していたのは怜だった。騙したのも怜だった。そして、彼を堕落させようとしたのも、怜だった。もっとも、智章は堕落しなかったが。

怜の口元に自嘲が浮かぶ。どんな贅沢も、どんな高額なプレゼントにも、智章が溺れることはなかった。それどころか心底から不要そうで、そのことに怜は困惑させられた。

今ならわかる。智章を歓ばせるのは、ただ怜の心だけだったと。愛する心だけで、智章は幸せになってくれたのだと。こんな存在はどこにもいない。

自分はそれを失ってしまった。苦しさに耐えきれず、怜は目をきつく閉じた。

そこに、一発の銃声が響いた。

頬に熱が走り、怜は反射的に地面に伏せる。ドアマンも怯えたように、頭を抱えて地面にうずくまった。

また銃声が響き、怜はとっさに柱の陰に身を隠した。どこだ。どこから撃っている。

メキシコは治安が悪いとはいえ、観光客が多く利用するホテルなどに被害が及ぶことは少ない。強盗のためにここを狙う可能性は低かった。

それに、なぜか相手はドアマンを無視して、執拗に怜を狙っている。

——つまり、わたしが狙いか。

殺したいほど怜を憎む人物が誰なのか、怜は頭の中で素早く精査した。

それにしても、油断したものだ。智章のことばかりを考えていて、いつもの警戒を忘れていた。

恋とは、なんと愚かな——。

こんな場所で狙われて、もしも智章にまで被害が及んだらと思うと、己の油断に怜は歯噛みした。

智章になにかあったら、悔やんでも悔やみきれない。

「怜……!」

しかし、突然智章の声が響き、怜は意識を引き戻される。顔色が青褪めた。

「智、来るな!」

銃声に、智章がホテルから飛び出してくるところだった。続いてまた銃弾が飛び、智章はビクリと棒立ちになる。ホテル内からは悲鳴が聞こえ、騒然としていた。

「伏せるんだ、智！」

怜は必死で叫んだ。せめて、智章をホテルに戻さなくては！

怜の叫びでハッと気づいたのか、やっと智章が地面に伏せる。その智章に怜は叫んだ。

「智、わたしが囮《おとり》になるから、その間にホテルの中に戻るんだ！」

「………っ！」

銃弾は、怜とドアマンの間の地面を弾いた。相手はよほど下手なのか、それとも、本気で殺すつもりはないのか、狙いが甘い。

智章がなにか口走り、青褪めた顔をわずかに上げる。また銃声が響き、「ひっ……！」と顔を伏せた。

だがそれだけに、むやみに智章を立ち上がらせて逃がすのも躊躇われた。逸れた銃弾が智章に当たるなど、考えたくもない。やはり、怜が囮になるのがいい。

「智、わたしが柱の陰から姿を出したら、立ち上がってホテルの中に逃げろ！　早く！」

「……そんな！　そんなことしたら、怜が危ない。オレなら大丈夫だから……！」

そう言うと、智章が地面に伏せたまま、じりじりとホテルの方向へと這い出す。ひとまず無理をしない気になってくれたことにホッとしながら、怜は智章のいる方向に銃弾が向かないよう、相手を誘うように柱の陰からわずかに身を出した。

また銃声がして、素早く元の陰に身を隠す。しかし、続けて銃声がすると、それが運悪くホテルエントランスのガラスに当たった。細かなヒビが入ったかと思うと、弾け飛ぶ。

「……っ！」

ホテルに這い戻ろうとしていた智章が息を呑む気配がした。恐怖に襲われ、凍りついている。

怜は舌打ちし、身を隠した柱から、智章に近いほうの柱へと素早く移動した。

銃声が響き、今度は腕に熱が走る。柱の陰に身を隠して確認すると、撃たれたわけではなく、かすめただけのようだった。

またひとつ柱を移動して、怜は智章の近くに移動する。銃声と銃声の合間に、乱暴に腕を摑んだ。

「来い、智！」

引きずるように、柱の陰に智章を連れ込む。

「怜……！」

銃声に身を竦めながら、智章が怜に身を寄せてきた。しかし、飛び出たのは罵声だ。

「馬鹿、怜！　なんでこんな危ないことをするんだよ。元のところで身を隠していればよかったのに……っ」

無防備な智章のほうが怖い思いをしただろうに、そんなことを言ってくる。もう怜に愛情はないだろうに、智章はどこまでやさしいのだろう。

「智の身のほうが心配だった。怪我はないか？」

「オレは大丈夫だ。ガラスがちょっと当たったくらいで……。怜のほうが……」

銃弾がかすめた頰に、智章が触れてくる。その顔は泣きそうだった。そんな顔はさせたくなくて、怜はあえて軽く笑ってみせた。

「このくらい、かすり傷だ。それより智、もう少しこっちに……。わたしに触れるのはいやだろうが」

智章には不快だろうが、抱きしめる体勢でないと、うまく柱の陰に身を隠しきれない。

そう気遣った怜に、智章はさらに泣きそうな顔になった。やはり、今さら怜に抱きしめられるような格好になるのはいやなのだろう。

「ごめ……」

怜は智章に謝ろうとした。

しかし、すべてを言い終わる前に、智章の身体が怜に抱きついてくる。ギュッと、守るように背中から後頭部に、智章の腕が絡みついた。

「いやじゃない……いやじゃない、怜。あれは嘘なんだ。ラルフは恋人じゃない。怜と別れてからずっと、オレは一人だった。恋人なんていない」

「智、それじゃあ……」

怜はまさか、と智章を見つめる。銃弾の音はまだ続いていたが、それよりも今の告白のほうがずっと重く怜の心に響いていた。智章もじっと、怜を見つめてくれていた。怖いほどに、真剣だった。

「怜……オレを……オレだけを……愛してくれるか？　たとえ遊びでも、オレ以外の人間を抱いたりしないか？」

「しない……できない。正直に言う。この三ヶ月、わたしはたくさんの女性とも男性とも寝てきた。智に当てつけるみたいに、メチャクチャに遊んできた。だが……満たされなかった。どんな淫らなセックスをしても、どれだけ魅力的な相手と寝ても……ダメだった。智のことなど忘れてしまえばいいのに……いつもならそうできるのに……できなかった。智でなければダメなんだ。これが……智の言っていたことだろう？　本気で人を愛したら、もうその相手以外では満たされない。他の相手なんて欲しいと思わない。そしてもし、智が他の誰かと寝たとしたら……智、智！　こんなに苦しい思いを、わたしは智にさせていたんだな。こんなに苦しくてつらい……」

耐えきれず、怜は智章を抱き竦めた。智章とラルフが本当には付き合っていなかったことに、細胞レベルで歓喜している。身勝手だが、あの別れ以来智章に触れた人間がいないことが嬉しい。

「馬鹿、怜……なんだよ。知らなかっただけだったのかよ。オレはもう……てっきりおまえは違う世界に生きているんだとばっかり……絶対、一生わかってもらえないとばっかり……」

智章の声が潤んでいた。もしかしたら、怜の胸に顔を伏せた智章は、泣いているのかもしれない。

それほど苦しい思いを、怜は智章にさせたのだと思った。最低の男だと思った。

愛する相手に嘘は言えない。怜は蔑《さげす》まれる覚悟で、すべてを告白する。

「以前のわたしの言葉に真実はなかった。わたしは智を都合よく利用して……両親の盾にするために都合よく……」

「なにそれ……」

「愛を囁いたのは偽りだ。情のないわたしに焦れた両親があまりに結婚を勧めるから、昔の約束を持ち出して、わたしは智を利用した。途中からは本当に智が愛しくなったが、それがどうしてなのか、わたしは考えようとはしなかった。単に気に入ったのだと……」

続けようとした唇に、智章がそっと指を押し当てて遮る。その目は真剣に、怜を見つめていた。

「でも、今は……?」

偽りの過去の告白はもういい。大切なのは今なのだと、智章の目は言っているように思えた。

そのやさしさに、その愛情深さに、怜の目が我知らず潤《うる》んだ。どうしてこの愛しい存在に、あんなひどいことができたのだろう。

銃弾から智章を守りながら、怜はただ一心に愛する人を見つめて、告白した。

「……愛している。心から、智を愛している。智がいなくては、わたしにはもう……なんの歓《よろこ》びもない……！」

智章の顔が泣き笑うように歪み、唇がわなわなと震えた。憎むように、縋るように、その目は怜を見つめ、そして——。

「ならいい。もう二度と、他の誰かとの遊びは許さないからな。オレだけ……一生、愛していろ！」

ぶつかるように、智章の唇が怜のそれに押し当てられた。

気がつくと、銃声がいつの間にかやんでいた。

遠くから、やっと警察の車両がやってくるサイレンが聞こえる。だから、銃声が止まったのだろう。警察が来る前に、逃げるのだ。メキシコの治安を考えれば、おそらく相手はまんまと逃げきるだろう。だが、捕らえられずとも、怜は気にならなかった。どの道、この国の警察を怜は当てにしていない。始末なら、アメリカに帰ってからでも充分可能だ。

それよりも、今はこの腕の中の宝物のほうが百倍も、千倍も大切だった。

警備員が駆け込んで、やっと犯人を追いかけ始める。怜たちの無事を確認しに来る。だが、おかまいなしに、怜は智章の唇を味わい続けた。キスは何度もしたけれど、これが初めての、愛し合うための口づけだった。大切なキスだった。

「愛している、智……」

「ん……オレも……」

やがてやってきたラルフに呆れた面持ちで肩を叩かれるまで、怜と智章はキスを繰り返した。

§終章

待ちかねた思いで、智章は機内から降りた。ジリジリと入国審査をすませて、大急ぎでスーツケースを受け取る。入国ロビーに出ると、そこにはひと月近く離れていた恋人が待っていた。

メキシコでの再会から半年が過ぎていた。その間、主に怜のほうが、日本とアメリカを行ったり来たりして、智章に会いに来てくれていた。しかし、今回やっと長期休暇が取れて、智章がアメリカに向かったのだ。

智章を見つけると、怜がすぐにリムジンに案内してくれる。中に入ると、やや乱暴に唇を奪われた。

「智、会いたかった……！」

「んっ……ん、ふ……ちょっ、怜……ん」

前方の助手席では、クインシーがにこやかに智章に挨拶してくれていたが、今は苦笑して、前方と後部座席の仕切りを上げる操作をしてくれている。しばらくすると、車が静かに走り出した。

そうしてやっとキスに満足したのか、怜が唇を離してくれる。

「長いフライトで疲れただろう」

智章の額に落ちた髪をやさしく搔き上げながら、そう訊いてくる。

甘い口調は以前にもあったが、それに今は切ない色が加わっている。もっと頻繁に会いたくて、でも会えなくて、智章と会う怜はいつも切迫した想いを抑えきれない切なさがあった。

もっと会いたいのは、智章も同じだ。だが、今の智章ではアメリカで生きていくことはできない。お荷物になるのはやはり受け入れ難かった。だから、元の会社のまま、智章は働いている。

「そんなに疲れてないよ。怜がファーストのチケットを送ってくれたおかげで、楽させてもらえたし」

ただし、こういったちょっとした利便は受け入れることにしていた。恋人の贈り物をなにもかも拒むというのも、怜にとって寂しすぎると理解したからだ。

怜は嬉しそうだ。自分のしたことを智章が喜んでくれたことが、幸せそうだった。

またキスをして、智章は素直に怜の胸にもたれかかる。

あれからいろいろなことがあった。二人がよりを戻したことを、怜の両親はとても喜んでくれた。怜の弟妹たちも。彼らとは時々電話やメールをしていて、この春には怜の妹たち・沙羅と杏が日本旅行することになっている。もちろん、智章一家でもてなす予定だ。

沙羅には、智章がなぜ、アメリカに移住しないのか合点がいかないようだったが、杏はそんな智章に一目置いている節があった。

「さすが、怜兄《にい》がパートナーに選んだ人よね。今までの身体だけの恋人とは全然違う、うん」

「えー、あたしだったら、ずっと恋人の側にいたいなぁ。智章は寂しくないの？」

そう言う沙羅に、杏が憎まれ口を叩くのはいつものやりとりだ。

「怜兄じゃなくて、あんたのほうこそ、おじい様に教育してもらうべきだったわよね。同じ遺伝子を持っているのに、どうしてあんたはこんなにお馬鹿なのかしら」

「ちょっと！　それを言うなら同じ遺伝子を持っているのに、どうしてあんたはそんなにダサいの⁉

そっちのほうが問題よ」

「へぇ、通り過ぎる男連中みんなに、頭の中で裸を想像されるのがそんなにいいってわけ。賭けてもいいわよ。あんたはもてているんじゃなくって、ヤりやすい女だって安く見られているだけだってね」

「なんですって‼　自分がもてないからってひがまないでよね。あんたなんて、たとえ素っ裸で教室に入っていったって、誰も相手にしないわよ！　このブス！」

「だからあんたはお馬鹿なのよ。同じ顔のあたしにブスなんて言うのは、自分自身をブスって言うのと同じでしょう？　可哀想な、沙羅。こんなに懸命に着飾るのは、ブスなのを誤魔化すためなのね」

「くぅぅぅ……馬鹿、馬鹿、馬鹿、馬鹿、杏のアンポンタン！」

実にかしましいというか、嘆かわしいやりとりだ。しかし、微笑ましくもある。兄たちもそう思っているようで、三男の仁などは腹を抱えて笑っていた。

謙は苦笑していて、怜はといえば姉妹のやりとりなど耳もくれず、智章だけを見つめていた。

そして、そんな息子に直美とチェスターの二人はしごく満足そうだ。どこか欠けたところのあった息子に、ついにその欠けた穴を埋め合わせるピースが見つかったことにホッとしているのだろう。二人は、怜とよりを戻したことを報告した智章に、何度も何度も謝ってきた。そして、怜を頼むと繰り返した。

怜もなんとなく、以前よりも家族に対して柔らかな空気になっているように感じられる。怜だけ祖父に特別な教育を受けた事情から、家族と怜の間に壁の存在が見え隠れしていたが、それも少しずつ乗り越えられようとしていた。

そして智章と怜の関係も、以前よりずっと親密なものになっている。

ちなみに、例の銃撃事件の犯人だが、現在イーストン・インダストリーズ社と合併交渉が進んでいるリード・コーポレーションの元重役が関係していたらしかった。その元重役は、相当な横領を働いており、合併交渉の過程でそれを暴かれ失職、逮捕状を出された直後に行方を晦《くら》ましていたのだが、そうなったことを逆恨みし、怜をつけ狙っていたのだ。そこで、怜が単独でメキシコに向かったことを知り、近しくしていたメキシカン・マフィアに依頼し、命を狙わせたということだった。

現在、その元重役は怜が居所を捜させた上で逮捕させ、彼から依頼を受けたメキシカン・マフィアは、これまた怜が裏から手を回して壊滅状態に追い込んだ。

「智にも危険が及んだのだから、本当は殺してやってもよかったんだがな」

憤然とそう言い放った怜は、なかなか怖いものがあった。しかし、智章を充分熱愛してくれている気持ちは伝わっていて、怖いような、嬉しいような、複雑な気分にさせられた。自分はそれだけの力のある人間と付き合うのだから、不要な危険に突っ込まないよう、自分自身でも気をつけなくてはと肝に銘じる。

今度こそ本当の恋人になって半年。智章と怜の熱は、未だ冷めそうになかった。

空港から車は、怜のペントハウスに直行する。そのまま、智章はクインシーへの挨拶もそこそこに、部屋に連れていかれてしまう。

「あのさ、怜……仕事、んっ」

「智を迎えに行ってからは、今日は完全にオフだ。——智、がっついていて悪いが、智が欲しい。待ちきれない」

玄関の扉が閉まると、こらえきれないとキスされる。そのまま、寝室にもつれ込んだ。

がっついているのは、怜だけではない。恥ずかしいが、智章だって怜を感じたかった。

しかし、その前にこれだけはすませておきたい。

「あ、怜……オレも……でも、その前にシャワー……あっ」

万歳をさせられ、ニットシャツを脱がせられる。そのまま怜の手は、スラックスのベルトに移った。

「このままでいい。なにを気にしているんだ、智」

「だって……やっぱりちょっと汗かいたし、フライト時間も長かったし……ちょっ、ダメだって、怜！」

いやだというのに、怜がさっさと下着ごと智章の下肢を裸に剝いてしまう。靴は放り投げられ、靴下も乱暴に脱がされた。

そうなると、どうにも恥ずかしい部分を見られて、智章は身体を丸めて隠そうとする。なぜなら、このまま行為になだれ込まれては困るのに、智章のそこが反応していることがわかってしまうから。

しかし、怜にはとっくに見られていて、嬉しそうに微笑まれた。

「智、とても可愛い……。待ってろ。わたしもすぐ、脱ぐから」

そう言うと、身を丸めている智章を横目に、自らの着衣を脱ぎ捨てていく。

裸身になった怜に、智章は眩しげに目を細めた。いつ見ても隆々たる体軀だ。どこか頼りない智章と違って、適度に筋肉がついていて、見惚《みほ》れるような身体の線をしている。

そして、その身体の中心でも、智章と同じように——いや、もしかしたらそれ以上に、欲望を伝える部分が力強く隆起していた。

智章の視線を捉えて、怜がうっとりと微笑む。見せつけるように、自身の充溢を握ってみせた。

「待ちきれなくて、こんなになってしまった。これ以上、まだわたしに待てというのか、智。待てないよ」

「怜……ダメだって……」

そう思うのに、抵抗する智章の言葉は弱々しい。覆いかぶさってくる怜に、苦もなくのしかかられてしまう。やさしく、怜は自身の勃起を智章のそれに擦りつけてきた。

「このひと月、ずっと智のことを考えて、我慢していたんだよ。まあちょっと、自慰はしたが。それだって、智を抱いている想像をしながら、一人で慰めていたんだ。あぁ……本物の智だ」

そう洩らしながら、うっとりと智章の性器に自身を擦りつける動作を続ける。それだけで、すでに逞しかった怜の性器がさらにいっそう成長するのを感じた。いや、成長しているのは、怜だけではない。怜のその仕草で、智章自身のモノもどんどん硬度を増していく。

「濡れてきたね、智」

智章の先端に蜜が滲み、怜の声が興奮に上擦る。さらに蜜を絞るように、ペニスを握られた。

「最初に出すのは、智の中がいい。ダメ？」

「ん……勝手に……しろ、馬鹿」

もう怜も、智章自身も止められなかった。智章は自らも脚を開き、怜に自身を捧げる。

智章の先走りで、怜が指を濡らす。それを、脚を広げた智章の後孔に滑らせてきた。

「……んっ」

軽く襞を広げられて、智章はわずかに喉を反らす。ひと月ぶりの交歓に、もう何度も怜を受け入れてきた蕾が震える。柔らかく蕩け、けれど、頑なさも見せて、怜を興奮させる。

「また締めつけがきつくなってる。まるで処女みたいだ」

「処女なわけ……ないだろ、あっ」

恥ずかしくてそう憎まれ口を叩くと、怜が含み笑うのを感じた。いつの間にか、怜の唇が耳朶にきていた。ふっと息を吹きかけられ、中に挿入《はい》った指を締めつけてしまう。

「ふふ、たしかに処女とは違うな。とても感度がいい。ああ……だんだん柔らかくなってきた」

グチュグチュと、挿入された指を前後に動かされる。それは時々、入り口の襞を広げるように動いて、智章を呻かせた。

ジンジンする。怜と繋がることを憶えた襞が痺れて、早く、もっと逞しいもので貫かれることをせがんでしまう。

「ぁ……怜、いや……だ、んっ」

それが恥ずかしくて、智章はいやだと口にする。

だが、智章の心中など、怜にはお見通しだった。智章がとても恥ずかしがり屋で、快楽に対して開けっぴろげではないことを、怜は充分認識してくれている。だから、ひどく苛めることはしない。

代わりに、耳朶にチュッとキスをして、そのままその唇を首筋から鎖骨へと滑らせていった。鎖骨を甘噛みし、それから胸へ――。

「あ……んんぅ、っ」

胸を唇に含まれるのとほとんど同時に、二本目の指が後孔に挿入された。下肢が恥ずかしいほどに開き、腰が突き上がる。吸われる胸と、指を挿れられた後孔からジンジンと熱が広がって、智章をどうしようもなく喘がせた。だがまだ、婀娜《あだ》な声など聞かせたくない。恥ずかしすぎる。

「ん……んん、っ」

智章は両手で、口を塞いだ。それに気づいた怜が、苦笑している。もっとも、その眼差しは愛しげだ。羞恥に耐えられない智章が、この上なく怜の愛情を高まらせていく。

チュッチュッと両方の乳首にキスを繰り返し、時にねっとりと舐めながら、下肢に含ませた指を激しく前後させる。口に含んで胸を吸う時には、奥まで挿れた指で襞を広げるように開いてきたりした。

もう、ペニスとペニスは擦り合わされていない。しかし、智章のペニスはなにもされずとも、トロトロと雫を滴らせていた。今にもイッてしまいそうだが、懸命にこらえる。怜が智章の中でまずはイきたいように、智章も怜とともに最初の蜜は放ちたかった。

「れ、怜……もぅ……」

耐えきれず、とうとう智章は怜を求める。

怜は執拗に胸を吸い、舐めていたが、陶然とした表情で顔を上げた。

「ああ、ごめん。智章の胸がとても甘くて、我を忘れてしまった」

とろんと蕩けた顔は、言葉どおり、智章の胸を堪能した表情だった。智章のなにもかもが愛しい。

そう告げていた。

後孔から指が引き抜かれる。両脚をグッと、胸につくほどに押し広げられた。

「智……挿れたら、すぐにイッてしまうかもしれないけど……いい?」

「……訊くな、馬鹿」

智章は泣きそうな顔で、怜を罵った。この期に及んでそんなことを訊いてくる恋人が、まったく忌々しく思えた。見てわかるだろう。イきそうなのは、怜だけではない。智章だって、怜を感じたらすぐにも達してしまいそうなのだ。

「オレだって……もぅ、イきそ……」

「……まずい。今のでまた、大きくなった」

怜が呻く。急くように、身体を重ねられた。

「挿れるよ、智。あぁ……イきそうだ」

「あっ……あ、あ……怜……っ」

グッと、花襞が押し広げられる。逞しいモノが――熱い欲望が、智章の身体を開いていく悦びに、全身が強く反り返った。

奥に、奥に、怜の昂りが挿入っていく。太い幹を襞全体で咥え込み、その熱に蕩けた。

「……あっ！」

智章から叫びが上がる。グリッと奥の襞を抉られた瞬間、こらえようもなく前方の果実が弾けたのだ。

「あっ……ダメ……ダメ、まだ……あ、あ、あっ！」

「……うっ、智……まだ全部挿入ってないのに……あ、ダメだ。イく……っ」

戦慄《わなな》く身体に、怜が強引にすべてを含ませていく。ただそれだけで、怜の腰がブルリと震えた。根元まで突き入ったところで、ピュッと熱いものが体内で迸る。

「あ、あ……怜……怜、熱……い……あぁ……」

ブルブルと、智章の全身も震えた。挿入で達して、奥の奥に感じた迸りの熱にもイく。

「智……！」

唇にむしゃぶりつかれ、メチャクチャに舌を絡ませられる。だが、なんという悦びか。

こんな、挿入だけで達するなんて、男として考えれば少々恥ずかしいことなのに、智章の中にあるのは果てしない悦びだった。怜で感じて、怜も智章で感じて――。

「ん……んぅ……ふ」

けれど、放出が終わってキスが離れても、怜は熱い眼差しで智章を見つめる。達したはずの肉塊は、

信じられないことにまだ硬かった。智章の欲望も、もっと欲しくてズキズキと疼いている。

「智……このまま続けて出しても、いい？」

「……ん……オレも、またイき……そ……あっ」

余韻を味わう余裕もなく、怜が動き始める。突き上げる動きに仰け反り、引いていく動きにしがみつく。言葉はもういらなかった。ただ獣のように求めて、求められる。

怜を愛していた。怜の愛が、智章を満たしていた。もう怜は裏切らない。

だって、怜は知ったから。

愛が、心を豊かにしてくれる。愛する心が、怜にぽっかりと空いた穴を満ち足りさせる。

その満足を、今の怜は知っている。

もう怜は飢《う》えない。たとえ飢えても、その飢えは智章が満たしていく。

愛しているから。

怜もまた、智章を愛しているから。

心を満たし、身体を満たし、智章と怜は何度も抱き合った。愛を交わし合った。

そこに、愛があるから——。

終わり

こんにちは。いつまでも労働意欲がある智章《ともあき》と違い、隙があればなまけ続けていたいイトウです。この間などは、なまけ心が募ったあまり、人生で初めて宝くじを買ってみましたが、当たりませんでした。残念です。

さて、今回はあとがきが一ページのみなので、まずはお礼を。

イラストを描いてくださった緒田《おだ》涼歌《りょうか》先生。本当に……本当にご迷惑をおかけして、申し訳ありませんでした。しかしながら、とても素敵なイラストを、ありがとうございます。緒田先生には本当に、足を向けて寝られません（涙）。ありがとうございました。

続いて、いつものことながら担当様。もはやなにも言える言葉なし……なイトウです。一刻も早く真人間になれるよう、頑張りたいです……。

そして、最後になりましたが、この本を読んでくださった皆様。こんなことありえな〜い♪　と楽しんでいただけると嬉しいです。ちなみに今回は、怜《れい》の双子の妹たちの会話を書くのがとっても楽しかったです。

それでは、また別のお話でもお会いできることを祈っています。

ラジオ体操で肩こり解消している☆いとう由貴《ゆき》